KB024596

불멸의 엄마를 위한, 불멸의 삶을 향한

엄마의 글쓰기
사람의 글쓰기

백미정

들어가는 글

'철저히 나의 입장'이었던 것을
'어느 정도 당신의 입장'으로 바꾸어야 할 때

편집부에서 온 편지

'귀하의 감동적인 시에 깊이 감사드립니다.
당신의 옥고는 우리에게 강한 인상을 주었습니다.
그러나 우리의 지면에는 약간 어울리지 않음을
무척 유감스럽게 생각합니다.'

편집부에서 오는 이런 거절 편지가
거의 매일 날아온다. 문학잡지마다 등을 돌린다.
가을 내음이 풍겨 오지만, 이 보잘것없는 아들은
어디에도 고향이 없음을 분명히 안다.

그래서 목적 없이 혼자만을 위한 시를 써서
머리맡 탁자에 놓인 램프에게 읽어 준다.
아마 램프도 내 시에 귀를 기울이지 않을 것이다.
그러나 말없이 빛을 보내준다. 그것만으로 족하다.

-헤르만 헤세-

위 시의 처음 4줄을 읽고는 반사적으로 훗, 소리가 코를 통해 나왔다. 15권 분량의 원고를 쓰며 어마어마하게 투고를 하며 수백 건의 거절 답장을 받아 보았는데 출판사 거절 포맷이 시간의 흐름을 무색하게 만든다는 공감의 소리, 헤르만 헤세도 나와 비슷한 경험을 했다니 이거 실화니, 위로의 소리였다.

그러나, 자신의 시에 말없이 빛을 보내주는 램프 하나만으로 족하다는 헤르만 헤세의 의견은 반대한다. "세상으로부터 인정받지 못하는 고통은 크다. 그러나 내면의 포기가 주는 고통은 더 크다"라고 말한 류시화 시인의 생각과 맥락을 같이 하기 때문은 아니다. 취미로 쓰는 일기 형식의 글이 아니라면, 나 자신만을 위해서 글을 쓰는 과정을 넘어서야 하기 때문이다. 이는, 내가 이 세상에 태어난 이유와 비슷한 것인데, 신이 나에게 부여해 준 재능과 삶의 목적 안에는 '타인'이 들어가 있게 마련이다. 반드시.

나 자신은 타인들의 합이다, 라는 비슷한 문장을 어디서 본 듯하다. 100퍼센트 공감한다. 글은 타인에게 읽힘으로써 본분을 다할 수 있고 읽혀지는 행위를 통해 행복. 위로. 공감. 희망. 성찰과 같은 삶의 본질을 닮은 단어들을 체득시킬 수 있다. 그래서 글은 램프가 아닌 사람들에게 읽혀야 한다.

우리 엄마도 글쓰기 경험이 있고 나도 글쓰기 경험이 있다는 건 공통점이다. 그러나 이것이 현재진행형이냐 아니냐는 차이점이다. 나의 습관이기도 한 '의미 부여'를 통해 철저히 나의 입장에서 엄마와 나를 들여다본다.

엄마는 계속 글을 쓰지 않았기 때문에 말 안 듣는 막내딸을 향한 한숨을 거두어들이는 데 많은 시간을 소비하고, 아픈 다리에 서러워하고, 돈이 없다는 리플레이 기능을 사용하고, 자기 마음대로 세상의 온갖 질고를 마음 여기저기에 짊어지고 산다.

나는 계속 글을 쓰고 있기 때문에 말 안 듣는 아들 셋을 상대할 수 있고, 더욱 자주 저려오는 오른팔이 훈장 같고, 돈이 없어 꽃을 한 송이 사면서 행복은 다발로 사 오고, 내 마음대로 세상은 감사할 거리가 넘친다고 생각하며 산다.

그러나 이제는 '철저히 나의 입장'이었던 것을 '어느 정도 당신의 입장'으로 바꾸어야 할 때다. 나 자신은 타인들의 합이고, 읽혀지는 글을 통해 삶의 본질을 깨달아갈 수 있음에 확실히 공감하게 된 이때에.

하여, 쓰게 되었다. 나의 엄마, 엄마인 당신을 지속적으로 생각했고 바뀌지 않을 인생의 궤도를 글 쓰는 삶을 통해 슬로우 퀵퀵 슬로우 퀵퀵, 잘 걸어가기를 바랐다. '엄마의 글쓰기'라는 단어는 이렇게 탄생했다. 또한, 글쓰기를 통해 전체적인 삶 안에 부분적인 엄마의 삶을 포함시킬 수 있는 진정한 나를 발견해 가기를 바라며 '사람의 글쓰기'라는 쌍둥이 단어를 탄생시키게 되었다.

가르치고자 하는 글을 질색한다. 그럼에도 불구하고, 그러니까, 잘 모르겠으니까, 그냥 글을 쓰고 싶다는 마음이 들 수 있도록 독자를 도와드릴 수 있는 방법은 내 삶을 나누는 것이라 판단 내렸다.

글쓰기를 통해 엄마의 삶이 멸하지 않기를,
글쓰기를 통해 우리의 삶이 멸하지 않기를,
철저히 나의 입장이 아닌, 어느 정도 당신의 입장에서 바라본다.

차 례

7

직설화법 상처와 함께,
어찌되었든 살아가게 만들어 줄 글

_____

이

해결될 상처든,

무덤까지 가져갈 상처든,

그것들과 함께 글을 쓰며

어찌되었든 살아가게 될 줄을.

어쩌자고 또 애를 가져, 생각을 했었어야지.

우리 집 막내이자 셋째 아들의 존재를 내 몸이 알고 타인들이 알게 되었을 때, 세 네 번 듣게 되었던 말이다. 물론, 타인들 중 지인들에게.

조심할 여유도, 생각할 여유도 없었다. 퍽퍽하고 팍팍했던 14평의 집, 곰팡이가 벽지 무늬 같았던 집에서.

'생계유지'와 '현실 도피'라는 아이러니한 이유 두 가지로, 첫째와 둘째 아들을 방목하며 워킹맘이라면 응당 가질 수밖에 없는 죄책감을 무기삼아 그냥 열심히 살았을 뿐이다.

타인들 중 몇몇 지인들이 나에게 했던 조언, 책망, 비난, 걱정 같은 문장들을 마음으로 씹고 씹으며 지낸지 몇 년이 흘렀다. 그동안 출간했던 책 중에 두 번 정

도 우려내어 쓴 것 같다. '나쁜 사람들'이라는 칭호로
여과시킨 감정을 글로 꾹꾹 찍어냈다.

우리 집 막내가 태어난 지 8년 7개월이 지나 글을
쓰고 있는 오늘은 감정이 출렁이지 않는다. 커피숍 창
문 밖에 걸려 있는 여린 바람들이 '그동안 당신 마음
지켜봤어. 안다, 알아.' 위로해 주는 것 같기도 하고,
카페 모카가 자신의 얼마 남지 않은 수명을 받아들이
며 '이 또한 지나가리라'는 케케묵었으나 무게감이 상
당한 명언을 날려주는 것 같기도 하다.

글을 쓰지 않고도 살 수 있을 거라고 믿는다면 글을
쓰지 말라고 했던 직설화법의 소유자, 릴케는 알고 있
었을까. 내가 글을 쓰면서 마음이 농익어갈 줄을. 해결
될 상처든, 무덤까지 가져갈 상처든, 그것들과 함께 글
을 쓰며 어찌되었든 살아가게 될 줄을.

'빌어먹을 년들'에 관해

02

말로 기억시키는 방법보다,

글로 추억할 수 있는 방법이

구간 구간마다의 진심을

투명하게 전할 수 있기에

더 좋은 듯하다.

빌어먹을 년들.

왕년에 우리 엄마가 나이 어린 내 동생들에게 자주 써 먹던 욕이다. 문자적으로 격 떨어지는 표현이긴 하나, 해석적으로는 엄마의 삶을 대변하고 있다.

외할머니는 유방암이었다. 돈이 없어 약 한 번 써 보지 못한 채 살이 썩어 들어가면서 돌아가셨다 했다.

외할아버지는 술주정이 심하셨다. 엄마는 외할아버지를 피해 창문으로 달아나 근처 비닐하우스에서 잠을 청한 적도 있다 하셨다.

내가 아들 셋 낳고 살아보니, 엄마가 긴 말로 하소연을 안 해도 삶이 참 지랄스러웠음을 쉽사리 예측할 수 있었다. 그리고 또 하나를 예측해 본다. '빌어먹을 년들'이란 표현은 엄마 집안의 역사성을 띠고 있다고.

자신의 몸과 영혼이 사그라지고 있음을 명확히 느꼈던 외할머니가 엄마와 이모들에게 내뱉던, 혹은 내뱉고 싶었던 암 덩어리가 아닐까 싶다.

　빌어서라도 먹여 살려야 하는 식솔들인데 자신의 무능력을 술기운에 숨겨보는 것이 최선이었던 외할아버지가 엄마와 이모들에게 내뱉던, 욕지거리가 아닐까 싶다.

　엄마는 이 욕지거리를 내 동생들에게 구전시켰고 나는 이 욕지거리를 글쓰기로 감금시켜 본다. 재해석된 말로 나의 아들들에게 '빌어먹을 놈들'이라 표현하기 싫어서이다.

　말로 기억시키는 방법보다, 글로 추억할 수 있는 방법이 구간 구간마다의 진심을 투명하게 전할 수 있기에 더 좋은 듯하다.

　오늘의 글쓰기는,
　서로가 빌어먹는 일이 없도록 3대를 묶어 주었다.

우울한 글은 우울한 대로
살아갈 이유를 만들어 준다.

조금만 불쌍한 사람을 보아도 마음이 언짢아 그날 기분은 우울한 편입니다. 내 자신이 너무 그러한 환경을 속속들이 알고 있기 때문인 것 같습니다.

《전태일 평전》에 나오는 글이라고 한다(책을 읽어 보지 않고 두 문장을 내 글에 슬쩍 걸쳐 보는 것이, 책을 사지 않는 요즈음 사람들에게 뚱해 있던 나를 부끄럽게 한다).

전태일의 우울함은 엄마들의 우울함을 닮아 있다.

흐응흐응 강아지 앓는 소리로 칭얼대는 아이를 보면, 어렸을 적 제대로 울지 못했던 엄마 자신이 불쌍해져 우울하다. 반대로, 자신과는 달리 마음을 표현할 줄 아는 아이를 부러워하며 우울하다.

이러나저러나 우울해질 수밖에 없는 존재가 엄마이

다. 그것도 평생.

엄마인 내가 아파 보았기 때문에 아파하는 아이 마음을 대하며 전전긍긍한다. 아이는, 엄마인 내 속을 닮아 있다. 아이는, 엄마인 내 상처를 닮아 있다.

뾰족한 답은 아니나 조금 둥그스름한 답 같은 걸 말해 보자면, 자식과 엄마의 맞물려져 있는 상처는 엄마만 나무랄 수 없는 이유가 될 수 있다. 지나친 애착이든, 평생 안고 가야 할 지울 수 없는 고통이든, 그것이 엄마인 우리를 되돌아보게 하고 아이를 되돌아보게 하기 때문이다. 그리고 언짢은 상처들을 승화시켜 보려는 엄마의 몫을 도와주는 도구가 있으니 이를 '글쓰기'라 칭해 본다.

돌고 도는 상처들이 이탈하지 않고, 지겹다 불만하지 않으며, 불쌍한 엄마와 불쌍한 내 새끼를 서로 외면하지 않도록 우울한 글쓰기를 해 보자.

우울한 글은 우울한 대로 살아갈 이유를 만들어 준다.

정체되어 있는
정체성에게

04

많은 사람들이 배운 적 없는,

어쩌면 또 생각보다 많은 사람들이 원한 적 없는

'엄마'라는 정체성.

'자신의 내부에서 일관된 동일성을 유지하는 것과 다른 사람과의 어떤 본질적인 특성을 지속적으로 공유하는 것 모두를 의미한다.'

미국의 심리학자 에릭슨이 정의내린 정체성의 뜻이다. 무슨 말인지 이해가 되지 않아 약간의 열등감과 함께 서너 번 더 읽어본 후 정체성에 대해 나름 재정의를 내려 보았다.

정체성이란, 나 자신과도 타인과도 잘 지내며 서로를 이해하려는 노력의 결과물이다.

그럴 듯한데 '나'에 엄마를, '타인'에 아이를 넣으면 한숨이 나오는 건 어쩐 일일까. 정체성을 말할 때에는 엄마인 나 자신을 아예 배제시켜 버리고도 싶다.

많은 사람들이 배운 적 없는, 어쩌면 또 생각보다 많은 사람들이 원한 적 없는 '엄마'라는 정체성. 바꿀 수 없는, 평생 가지고 가야 할 '엄마'라는 정체성.

심하게 고정되어 있는 이 정체성에 나의 적극적인 의지가 결여된 것에 대한 분노인 걸까. 분명, 행복이란 감정을 퍼다 날라야 하는 이 정체성에 심한 배신감을 느끼며 내가 잘못 되었나 죄책감에 이내 패배를 인정할 수밖에 없어서 그런 걸까. 하여, 에릭슨은 이 세상 엄마들에 대한 존경의 표시로 정의의 개념을 어렵게 만들었나 보다.

에릭슨의 말을 이해해 보려는 노력, 엄마로서 정체성을 이해해 보려는 노력은 시간과 공간을 아우르는 언어로 만나게 되었다. 나의 언어 또한 누군가에겐 에릭슨만한 심오함을 가져다 줄 수 있겠다고 감히 기대해 볼 수 있는 이유이기도 하다. 안 그래도 힘들어서 펄쩍 뛸 것 같은 엄마 노릇, 제대로 된 보상도 없는 엄마 노릇, 나 자신이 그 값을 치러 주어야겠다.

글 쓰는 엄마, 이 얼마나 우아한 언어인가.
글 쓰는 엄마, 이 얼마나 우아한 정체성인가.

강자가 될 수 있는 방법

05

나만의 언어를 가진 자,
우리는 엄마이자 동시에
당당한 강자가 될 수 있다.

자기 삶을 설명할 수 있는 언어를 갖지 못할 때 누구나 약자라는 글을 읽었다. 이 문장에 밑줄을 그으며 떠올리게 된 대상, 그 누구보다 약자로 살아가고 있는 대한민국의 엄마들.

우연의 일치인지 필연의 일치인지 커피숍에서 글을 쓰고 있는데 내 뒷자리에서 이제 막 운동을 마치고 커피를 마시고 있는 엄마들이 도란도란 이야기를 나누고 있다.

자신들의 언어를 찾기 위해 찻잔 속 커피 향을 음미하며 타인의 귀와 입을 나침반 삼아 보는 것일까. 저들의 이야깃거리가 퍽이나 궁금하다.

팝송에 묻혀 간간이 건져 올린 '책상', '침대' 단어로 유추해 보건대 새로운 계절을 맞이하여 집안 구조를 바꾸거나 가구들을 새로이 장만하려나 보다. 한 엄마는 5분째 통화중이고 으으음, 어어어, 단어만 5분째 사용하고 있다.

지금은 같은 공간에 있으나 결국엔 다른 하루를 살게 될, 타인들의 언어가 자신의 언어인 것 마냥 위로를 받고 있는 대한민국의 엄마들.

글을 쓰고 있는 내가 좀 우쭐해진다. 수다보다 품위 있어 보이는 행위가 글쓰기인 듯하여(이러한 내 생각을 두 글자로 줄여 '자뻑'이라 해두자).

우리 엄마가 운전면허증을 한 번에 딸 수 있도록 강력한 동기 부여자가 되어 준 사람은 아빠였다.

"니 같은 년이"라는 말로.

나 같은 년이 글을 쓰고 있다. 글을 썼다. 책을 냈다. 작가라 불리고 있다. 나 같은 삶을 살아가고 있는 사람은 온 우주를 통틀어 나밖에 없다. 최고의 컨텐츠, 최고의 글감이다.

아이를 학교 보내고 남편 출근하고 50분 걷기 운동을 하면서 보게 된 풍경들, 가지게 된 생각들, 타인이 계획하고 있는 가구의 재배치 이야기 속에서 상상할 수 있는 타인의 행복, 5분 넘게 맞장구 쳐 주면서 느꼈던 전화 통화 대상자의 오늘이라는 시간을 노트에 옮겨보면 어떨까.

자신의 삶을 글로 설명할 수 있는, 글로 느낄 수 있는 나만의 언어를 가진 자, 우리는 엄마이자 동시에 당당한 강자가 될 수 있다.

살아내야 하는, 써 내야 하는 세 가지

06

삶을 살기 위해 알아야 하는,

삶을 살기 위해 써 보아야 하는

엄마로서의 나.

미국의 시인 메리 올리버는 세상을 살기 위해서는 세 가지를 할 수 있어야 한다고 했다.

죽을 수밖에 없는 것들을 사랑하기, 자신의 삶이 그것들에 의지하고 있음을 깨닫고 그들을 가슴 깊이 끌어안기, 그리고 놓아줄 때가 되면 놓아주기.

영원하지 않은 것들을 사랑하고 끌어안았다가 때가 되면 결국 놓아주는 것, 이것이 삶. 그리고 삶은 무엇을, 누구를 더 사랑하느냐 선택의 결과가 나 자신을 대변해 준다.

허나 엄마는, 선택의 여지없이 자식을 사랑해야 하는 묵직한 사명감을 부여받게 된다. 많고 많은 나의 역할이 있건만, 엄마로서 자신의 모든 것이 설명되는, 마냥 웃을 수만은 없는 크고 복잡한 존재.

엄마는, 엄마인 자기 자신을 더 사랑해야 할까. 엄마

는, 엄마로서 자기 자식을 더 사랑해야 할까.

여러 육아서와 여러 부모교육 강의에서는 엄마 자신을 먼저 사랑하고 돌보아 주어야 한다고 외친다.

먼저 사랑하고 더 사랑한다는 것 자체가 두 존재 사이에 간격이 있어야 함을 전제하고 있다. 그러나 '먼저'와 '더'는 누가 측정해 줄 수 있는 걸까. 내가 나를 모르는데 난들 너를 알겠느냐, 오래된 노래가사처럼.

엄마와 자식 간은 사랑의 양과 사랑의 빠르기로 서로의 존재를 저울질하기에는 시간이 촉박하다. 삶이 팍팍하다. 진지하게 사랑을 성찰해 볼라치면 사명감과 책임감과 의무감이 냅름 그 자리를 차지해 버린다. 엄마로서 자식을 사랑했는지, 자식으로서 엄마를 사랑했는지 생각해 보는 그 순간이 서로를 놓아주어야 하는 마지막이 되어 버린다.

그래서 나는, 결국 맞이하게 될 그 마지막을 조금 늦추어 보고자 한다. '먼저'와 '더'라는 단어로 놓고 있는 사랑에 대해 고민해 보고자 한다. 글을 쓰면서 말이다. 지극히 주관적이며, 종류도 무한대인 사랑 중에 엄마와 자식 간의 사랑을 논한다는 것 자체가 오글거리는 작업이다. 낯선 사랑, 그러나 피해서는 안 되는 사랑.

사뭇, 변화와 성장의 성질을 닮아 있는 듯하다. 변화

와 성장은 혼란스러움과 어색함을 필요로 한다. 엄마를 사랑하는 것, 혼란스럽고 어색하다. 자식을 사랑하는 것, 혼란스럽고 어색하다. 그래서 우리는 변화하고 성장할 수 있나 보다.

죽을 수밖에 없는 엄마인 나 자신과 자식을 그 누구보다 먼저, 더 사랑하기.

엄마와 자식은 서로의 삶에 의지하고 있음을 깨닫고 가슴 깊이 끌어안기.

그리고 놓아줄 때가 되면 놓아주기.

삶을 살기 위해 알아야 하는, 삶을 살기 위해 써 보아야 하는 엄마로서의 나.

삶은 살아내야 하는 것, 써 내야 하는 것이다.

하고많은 불행

07

우리의 하고많은 불행은 어찌할 수 없다.

어찌할 수 있는 것은

글쓰기다.

신학을 공부한 내 남편은 교회의 영적 지도자에게 억울함을 당했고 그의 아내의 비위를 맞춰주지 않는다고 쌍 디근이 들어가는 욕을 얻어먹으며 나가라는 공기의 압력을 받들어 백수가 되었다(이 참에 나도 욕욕욕 욕욕욕을 써 본다).

　나의 영적 지도자였기도 한 그 사람을 이해해 보려 두 달 동안 기본적인 집안일 외에 아무것도 못하고 눈물을 질질 짰던 내 시간이 아깝고도 아까워서 약이 올랐다. 그 사람의 악함을 육하원칙에 시간의 흐름을 보태어 고하고 싶으나 그럴 만한 가치가 없다는 결론으로 복수를 대신한다.

　이즈음, 시댁 어르신들은 돌아갈 수 없는 강을 건너고 계셨다.

　이즈음, 나의 친모는 수백 번을 삼켰을 만한 말을

기어이 토해 버렸다.

돈 좀 있나.

이즈음, 나의 첫째 동생은 병원에 입원을 했다.

이즈음, 팔리지 않는 내 책들이 폐기처분될 거라는 이야기를 들었다.

그리고 이즈음,

태어난 지 한 달 된, 따악 한 달 된, 둘째 조카 기주가 죽었다.

죽었다, 다음으로 어떤 단어를 써야 할까 잠시 고민하던 시간이 지금 내 가슴 속에서 째깍째깍 소리를 내고 있는 듯하다. 이러한 비유가 적절한지, 상황과 맞지 않는… 작가로서의 고민을 하면서 말이다.

기주가 중환자실에 있을 때 병원 문을 나서던 이모는 중얼거렸다.

"참 그렇다 그자… 참 그렇다 그자…"

기주가 장례식장에 있을 때 내 남편의 얼굴을 보며 엄마는 말했다.

"기주 살려주시믄 1년 교회 다닐끼라고 기도했었는데… 교회 가지 말란 뜻인갑다…"

기주가 화장터에서 뼈만 남아 나올 때 기주의 친할머니는 한 글자 같기도 하고 두 글자 같기도 한 탄식소리를 뱉어 내었다.

"허어…"

　칠레의 시인 파블로 네루다의 창작 동력은 '하고많은 불행'이었다고 한다. 그래서 창작이란 분야는 끝이 없고 말줄임표가 자꾸 붙나 보다. 나의 하고많은 불행, 우리의 하고많은 불행은 어찌할 수가 없다.

　어찌할 수 있는 것은 창작이다. 글쓰기다. 때문에 그 글쓰기로 발을 딛고는 삶을 또, 꾸역꾸역 써 본다. 삶을 또, 꾸역꾸역 세워 본다. 참 그렇다, 허어.

시간, 글

08

지금 이 시각 나의 글은

내 시간들을 불쌍히 여겨 주며,

말없이 함께 해 주고 있음을.

시간은 하나의 방향으로 전진한다는 직선적 시간관, 시간은 반복된다는 원형적 시간관. 딱 그냥 직선적 시간관은 서양의 사고, 원형적 시간관은 동양의 사고임을 알 수가 있다.

전진을 하든, 반복을 하든 중요한 단어는 '시간'이고 동서양 모든 이에게 한 치의 오차도 없이 평등의 기회, 무한대의 가능성을 주는 단어 또한 '시간'이다.

지금 나에게 있어 이 '시간'이란 놈은 전진도 아니고 반복도 아니다. 나락이다.

동생의 병원비는 130만 원이 나왔고, 우리 집은 백수와 백조, 아들 셋이 살고 있었기 때문이다. 향기만 맡아도 설레던 책도, 자꾸 사재기해서 남편에게 문구점 차릴 거냐 핀잔을 들어왔던 노트도, 0.38, 0.4, 0.5, 0.7, 1.0 심의 두께가 제각각인 볼펜도, 내 영혼에 향수를 뿌려주던 커피숍도, 그 어떤 것과 그 어떤 곳에서도 기쁜 추억을 찾아볼 수 없었다.

서양의 사고로 시간을 직선 삼아 "헬로우"거리며 거리를 싸돌아 다녀야 괜찮아지려나, 동양의 사고로 시간을 돌고 돌며 가부좌를 틀고 두 눈을 감고 무아지경을 경험해 보아야 괜찮아지려나. 시간은 자꾸 떨어지고 있고 가슴은 옥죄여 온다.

그리고 나는, 여전히 글을 쓰고 있다.

글쓰기의 기술에서는 감정단어를 최대한 사용하지 말고 감정을 나타낼 수 있는 상황을 구체적으로 묘사하는 게 좋다고 했는데, 그런 것도 다 귀찮다. 민낯에 왕 귀걸이를 하고 있는 것 같아서.

그리고 나는, 또 여전히 글을 쓰고 있다.

아, 내가 몰랐었다. 시간이 글을 부여잡고 나를 부여잡고 대뜸 가르쳐 주었다. 어떤 와중에도 글만큼은 나에게, 너에게, 우리에게 전진하고 있고 반복되고 있음을. 지금 이 시각 나의 글은 나락이 된 내 시간들을 불쌍히 여겨 주며, 말없이 함께 해 주고 있음을. 그리하여 내 글이 가지고 있는 직선적 시간관과 반복적 시간관이 오늘 하루도 나를 살게 해 줄 것임을, 예쁜 마음씨의 내 글이 가르쳐 주었다.

입을 확 그냥 찢어버릴라

09

내가 글 쓰는 사람만 아니면

못 빌려줄 것 같으면 말을 말든가, 입을 확 그냥 찢
어버릴라.

남편, 막내 도련님, 그리고 어머님이 계신 자리에서
내가 했던 말이다. 격하고 극단적이고 천박한.

혼자만의 세계에 갇혀 우리들의 세계를 어지럽게 하
는 아버님 때문에 어머님은 만져보지도, 구경도 못한
돈들을 매월 갚아 나가시느라 기막힌 하루하루를 살고
계셨다. 그 과정 중에(돈을 못 빌려줄 것 같으면 가만히 있
을 것이지), 늙어서 돈 빌리고 다니는 거 아니라는 자존
심 팍팍 깨어 부수는 말을 표창 날리듯 한 인간이 있
었다.

좋아했던 사람의 악취 나는 본성을 알게 되고 내가
사람들에게 잊혀져가는 계기가 억울함이었을 때였다.

몸과 마음 헤진 곳마다 바느질을 해대는 듯한 기억들과 살고 있을 무렵이었다. 그리하여 어머님의 상처 또한 내 기억이 되었다. 그래서 입을 확 그냥 찢어버리고 싶다던 말에는 어머님의 지인뿐만 아니라, 나의 지인도 포함시킨 거였다.

내가 서른아홉 살만 아니면, 내가 애들 엄마만 아니면, 내가 이미지를 중요시하는 사람만 아니면, 내가 글 쓰는 사람만 아니면, 격하고 극단적이고 천박한 언행을 자유롭게 하고 싶었다.

이러한 순간을 맞이할 때마다 글에게 미안한 마음이 든다. 귀하게 태어났는데 주인을 잘못 만나 험한 꼴로 적혀지고 있어서. 고맙기도 하다. 군소리 없이 적혀지는 대로 내 마음을 위로해 주어서. 미안함과 고마움, 진심이다. 어느 누가 나의 진심을 이다지도 오해 없이, 왜곡 없이, 편견 없이 받아주겠는가.

그래서 말인데 글아! 아직도 기억을 헤집고 다니며 나를 괴롭게 하는 인간들 입을 확 그냥 찢어버리고 싶어 하는 내 마음, 진심이다.

엄마들의 글쓰기

10

'나'를 잊고 지냈던 추억을 위로하며

기억의 일부분에 묻어있는 독을 빼는 과정.

엄마들의 글쓰기는 존재 본래의 생기를 잠식하는 모성의
독을 빼는 과정이라고 생각한다. 엄마 아닌 '나'를 주어로 놓
고 쓰다 보면 죄의식의 분비물인 눈물도 멎는다.

책제목, 표지, 목차, 주제 상관없이 작가님의 성함만
보고 책을 구입하는 분이 셋 있다. 그 중 한 분인 은유
작가님의 생각이 담긴 두 문장이다.

은유 작가님처럼 글을 쓰고 싶어 이분의 글은 눈으
로 꾹꾹 찍어 도장을 말리듯, 호떡을 불 듯 마음으로
후후 불며 천천히 읽는 편이다. 책장도 정성껏 넘긴다.
읽어온 글들이 귀하고 읽어갈 글들이 아까워서.

'엄마의 글쓰기'라는 가제로 10편의 글을 써 내려 가
던 시점에서 읽게 된 문장이라, 잊고 있었던 돌반지 뭉
치를 양말 뭉치 저 끝에서 갑자기 발견하게 되었을 때

처럼 묘한 쾌감이 느껴졌다.

내가 부러워하는 은유 작가님도 엄마라는 정체성 때문에 내가 괴로워하는 감정을 공유하고 계시는구나, 묘한 의리도 느껴졌다.

12시간 진통 끝에 태어난 나의 첫애를 보고 "내가 다시는 애를 낳나 봐라." 지키지 못할 다짐을 했던 찰나에도 작가님은 글을 쓰고 계셨을 거다. 둘째 탄생을 기다리며 산부인과에서 훅훅 숨을 쉬는데 얼굴에 열꽃이 피었던 찰나에도 작가님은 글을 쓰고 계셨을 거다. 축복보다는 비난과 걱정 속에서 찢겨진 뱃살 틈으로 태어난 막내가 악을 쓰며 울고 있었을 때에도 작가님은 글을 쓰고 계셨을 거다. 안 그럼, 이럴 리 없다. 이렇게 글을 잘 쓰고 이렇게 엄마 마음을 잘 알 리 없다.

내가 글을 쓰고 있는 지금, 당신은 무얼 하고 있었을까. 그리고 당신이 글을 쓰고 있을 미래의 어느 순간, 당신의 독자는 또 무얼 하고 있게 될까.

'나'를 잊고 지냈던 추억을 위로하며 기억의 일부분에 묻어있는 독을 빼는 과정, 불분명한 감정 때문에 흘려야 했던 눈물의 본질을 묘한 쾌감과 묘한 의리로 채워주는 '우리'라는 역할을 대신해 주는 행위, 엄마의 글쓰기다.

역사 속에서 평범하게 산다는 것이란

11

그냥 이 시대의 한 사람으로

책 읽고 글 쓰며

평범하게 잘 살아가는 것이

비범함임을 믿고 싶다.

생산수단의 소유자가 누구인가가 중요했던 원시부터 근대까지의 역사.

공유가 생각나는 외모, 181센티미터의 키, 성시경 목소리, 긴 손가락, 백바지가 잘 어울리는, 해님도 울고 갈 미소를 가진 두 남자가 있다(고 상상해 본다. 흐뭇).

생산수단인 공장을 소유한 남자와 생산물인 옷을 겁나 많이 가지고 있는 남자가 동시에 나를 졸졸 쫓아다닌다면? 거의 같은 조건에서 어느 한쪽을 선택해야 한다면 생산물을 계속 만들어낼 수 있는, 생산수단을 소유한 남자를 택할 때 나의 삶이 역사로 남을 수 있는 확률이 높아질 것이다.

그런데, 3억 주고 출판사(생산수단)를 인수하는 것보다 3억 원 치의 책(생산물)을 사고 싶은 내 마음은 어떻게 설명할 수 있을까. 한정된 자본으로 한정된 결과

물을 살 수 있는 것 중에 제일 간지 나는 물건은 책이라 믿고 있는 나. 계산이 제대로 안 되는 나. 그래서 역사 속의 지배자가 될 수 없는 나.

그냥 이 시대의 한 사람으로 책 읽고 글 쓰며 평범하게 잘 살아가는 것이 비범함임을 믿고 싶다.

공급량이 수요량보다 언제나 많을 수밖에 없는 자본주의 특성을 가지고 있는 근대부터 현대까지의 역사.

공급이 수요보다 많을 수밖에 없는 자본주의를 살아가고 있는 우리.

공급과잉을 일시적으로 해결해주는, 어마어마한 수요 창출의 힘을 가지고 있는 전쟁과 유행의 유혹 속에서 살아가고 있는 우리.

전쟁은 싫다. 그러나 유행은 받아들일 수 있다. 계절이 바뀔 때마다 옷장과 서랍을 열어보며 입을 옷이 없다고 재창하는 나를 보며 자본주의의 대명사라 일컫는다. "우리 아기"라는 칭호로 신상 신발에게 생명을 불어넣어 주는 신세대 또한 자본주의의 대명사라 일컫는다.

찝찝하지만 우리들의 정서적 허기와 소비 심리가 이 시대를 뒷받침해 주고 있는 것이 사실이다. 옷과 신발을 계속 사들이고 싶은 마음을 당당한 자기 합리화로 포장하게 되더라도 큰 고민을 하지 않을 수 있는 이유이다.

갑자기 전쟁이 일어나서 그동안 금이야 옥이야 함께해 왔던 옷과 신발이 몽땅 불에 타게 된다면? 나의 썩어빠진 공허한 마음과 과소비에 대한 벌이라 생각하며 쓴 미소를 짓게 될까, 아니면 자본주의를 떠받들고 있는 전쟁과 유행에서 우리는 벗어날 수 없음을 철저히 깨닫고 가슴을 치게 될까.

이러나저러나 지금도 옷과 신발을 무지 사고 싶어하는 나는, 일부 부르주아에게 부를 안겨주고 있는 자본주의에 속해 있다. 팔고자 하는 자, 사고자 하는 자 모두 그 누군가에게 또는 그 무언가에 속고 있는 느낌이 든다.

한 가지 더 허탈해 본다.

책은 왜, 전쟁과 유행이라는 단어에 어울리지 않을 정도로 퇴보하고 있는가.

책의 종류와 권수 또한 수요가 공급을 따라갈 수 없는 자본주의 시대의 산물인데 말이다.

나는 바란다. 책만큼은 자본주의의 특성을 깨트려주기를 바란다. 한 사람의 피와 눈물과 바람이 약 만 3천 원에 담겨 있다. 이 또한 잘 팔리지 않아 작가와 출판사가 서로에게 미안해하고 눈치를 주는 판국이다. 미안함과 눈치는 이 시대 자본주의가 가져가야 할 부스러기인데 말이다.

우리 엄마들이 책 사 보고 글 쓰는 삶보다, 옷과 신발이 차곡차곡 쌓여지는 삶을 더 선호할 수밖에 없는 이유는, 힘든 내 삶에 대한 미안함과 눈치를 가시적인 물건에 대입시킬 수 있어야 잠시나마 숨을 돌릴 수 있기 때문이다.

책을 읽고 글을 쓰는 건, 나에게도 타인에게도 바로 티가 나지 않는 행위이다. 돈이 안 되는데 공급(책 읽는 시간, 글 쓴 분량)이 수요(독서 토론, 내 글을 읽어주는 독자)보다 많을 수밖에 없는, 자본주의를 일부 닮을 수밖에 없는 행위이다.

그럼에도 나는, 엄마들에게 책을 읽고 글을 쓰자, 쓰고 있다. 거대한 자본주의 테두리 안에서 돈으로 성공할 수는 없을 것 같아서이고, 그러나 엄마로서 여자로서 한 사람으로서 자존심만큼은 지켜나가고 싶기 때문이다. 자존심 역시 돈이 안 되지만 때론 대담하게 때론 소심하게 끝까지 지켜나가고 싶다. 자존심은 공급과 수요를 따질 필요 없는, 글쓰기 하나만으로도 지켜나갈 수 있는 온전히 나만의 것이니까.

1929년과 2019년의 대공황이 말해주는

우리의 운명

12

대공황이 있어야 나 자신을

깊게, 천천히, 오랫동안

들여다 볼 수 있으니까.

해고당한 노동자는 다른 일자리를 구하지 못한 실업
자, 소비능력이 없는 소비자라는 뜻을 포함하고 있다.
이로서 공장과 기업들은 속수무책으로 쓰러졌고 뉴욕
증시가 대폭락하면서 1929년, 세계 경제 전체를 무너
뜨린 세계 경제대공황이 일어나게 되었다.

　대공황의 해결방안으로 러시아는 공산주의(자본주의
폐기)를, 독일은 군국화(자본주의 유지)를, 미국은 뉴딜
정책(자본주의 수정)을 사용했다.

　내가 조금도 상상할 수 없는 1929년이나 내가 지금
살고 있는 2019년이나 없어지지 않을 단어와 존재, 노
동자. 실업자. 소비자.

　나는 엄마로서 작가로서 노동자이다. 나는 엄마로서
작가로서 다른 일자리를 구하기 싫기도 하고 구하기

힘들기도 한 실업자이다. 나는 엄마로서 작가로서 생필품을 사야 하고 책을 사야 하고 노트와 필기도구를 사야 하는 소비자이다.

그러면서 속수무책으로 쓰러질 때가 있다. 사람들과 글에 치여서 '만남', '글쓰기'라는 단어를 대폭락시켜버리고 싶은 것이다.

나의 바람과 달리, 빨래거리는 세탁기에서 돌아가고 있고 밥솥의 취사 버튼은 눌려진다. 4천 원짜리 아메리카노 한 잔 값을 메꾸기 위해 글들은 노트 위에 어떻게든 내려앉는다.

나는 오색빛깔 찬란한 내 마음 중, 어둠과 어울리는 몇 가지를 폐기시켜야 할까.

아니면, 나 자신을 납득시킬 만한 만남과 글쓰기에 대한 신념의 정당화를 기어이 유지해야 할까.

또 아니면, 자기 합리화와 타인 합리화를 이루어 내면서도 본질이라 불릴 법 하도록 마음을 수정해야 할까.

정신적 대공황, 관계적 대공황, 글쓰기 대공황은 적과의 동침 같은 건가 보다. 대공황이 있어야 나 자신을 깊게, 천천히, 오랫동안 들여다 볼 수 있으니까. 대공황이 있어야 억지로라도 또다시 글쓰기를 만날 수 있으니까.

우리는, 엄마로서 작가로서 노동자로서 실업자로서 소비자로서 대공황을 피할 길 없다. 내 마음들 중, 폐기할 것이 있는지 유지시켜 나가야 할 것이 있는지 수정할 것이 있는지 끊임없이 다듬어가야 하는 작업을 해야 함이 우리의 운명이다. 이 작업들을 위해 글을 써야 함이 우리의 운명이다. 1929년이나 2019년이나 그것이 우리의 운명이다.

잠시 고민해 본다

13

타인들의 판단과 나의 글이

평범한 내 삶의 경계를

넘어가지 않기를.

갑자기 어떤 바람이 불었던 건지, 아침 일찍 옷가지들을 정리했다. 이렇게 마음 내킬 때가 일 년에 두어 번밖에 없으므로 느낌 왔을 때 후다닥 몸을 움직여야 한다.

아들 셋, 남편, 내 몸뚱어리를 받쳐 주었던 조금 낡고 많이 작아진 옷들을 버렸다. 매년 하는 집안일이지만 변한 게 있다면, 버릴까 말까 고민에 소비하는 시간이 줄어들었다는 거다.

선택받은 옷 박스에서 버려지는 옷 박스로 옮겨진 옷들을 원위치시키며, 재회 의식 같은 행동을 여러 번 했더랬다. 언젠가는 로또 당첨과 같은 급작스런 살 빠짐이 나에게도 일어나리라는 믿음을 버리지 못 한 채.

그런데, 조금 어렵게 버려진 옷들은 내가 언제 그랬냐는 듯이 금방 기억에서 잊혀졌다. 버렸는지도 모른 채 찾게 되는 옷이 어쩌다 한 번씩 있지만, 옷장을 대충 기웃거리다가 그때 버렸나 보다, 빨리 체념을 했다.

반복되는 나의 행동과 나의 생각을 감지하고 난 후, 옷을 버리는 데 고민을 줄이자고 마음먹게 된 것 같다. 버리고 나서 기억도 못할 거, 찾다가 못 찾게 되더라도 조금의 후회도 안 하게 될 거, 뭐 하러 고민하나 싶었다.

옷 정리를 포함해 집안일을 함에 있어 '고민'이라 이름 붙일 수 있는 거리들이 몇 가지나 될까 잠시 고민해 본다. 내가 글을 쓰면서 고민하게 되는 것들은 무엇인지 이도 잠시 고민해 본다.

집안일을 반드시 해야 한다고, 집안일을 반드시 잘해야 한다고 외치고 다니는 사람을 본 적은 없다. 반면, 상처 치유. 성찰. 현실 직시. 미래의 희망. 수식어와 함께 글쓰기를 전파하는 사명감을 가지고 계신 분들은 몇 보았다.

그럴 때마다 나에게 진지하게 물어보게 된다. 나는 글을 쓰면서 상처를 받아들이고 있는가, 나는 글을 쓰면서 미래를 현실과 연결시켜 바라보고 있는가. 그렇다. 아주 조금씩.

그냥 폼 나게 글쓰기 행위를 극진히 찬양하는 작가

이면 좋으련만, 솔직함마저 상업화시키는 듯하여 글쓰기가 나에게 준 아기자기한 선물을 금으로 만든 큰 선물상자에 넣고 싶진 않다(글쓰기로 인생이 급상향되신 분들을 비하하는 게 아니다. 나에겐 글쓰기가 절대가치 0순위가 아님을 말하는 것이다).

내 인생의 전부인 글쓰기, 나를 완전히 새롭게 해 주는 글쓰기, 이런 멘트들은 왠지 좀 오글거린다. 글쓰기는 그냥, 습관처럼 배어 있는 내 삶의 일부분인 것을.

집안일을 하며 글을 쓰며 조금 더 묻는다. 아직 설익은, 주부와 작가라는 명함으로 내 인생 모든 것에 우아함을 부여하고 싶어 하는 것은 아닌지. 타인들의 판단과 나의 글이 평범한 내 삶의 경계를 넘어가고 있는 건 아닌지.

글이 또 나에게 가르침을 줄 것이다. 언제나 그러했듯.

엄마의 뇌, 나의 뇌

14

딸 셋을 다 키운 엄마와 아들 셋을 키우고 있는 나는,
그동안 어떻게 뇌가 바뀌게 되었을까.

능숙하게 독서하는 뇌는 망막을 통해 정보가 들어가면 문
자들의 물리적 속성을 특화된 일련의 뉴런으로 처리하며 이
뉴런은 문자에 대한 정보를 자동적으로 더 깊숙한 곳에 있는
다른 시각 프로세싱 영역으로 들여보낸다.

-책 읽는 뇌. 매리언 울프. 살림-

한 번 읽고는 명쾌히 이해할 수 없는 말이었다. 여
러 번 읽고 한 문장으로 정리했다.

책읽기는 뇌를 바꾼다.

어려서부터 책을 가까이 했다. 시발점은 엄마였다.
세로로 글이 쓰여져 있는 책에서는 마음을 편안하게
해 주는 흙냄새가 났다. 엄마 팔베개를 하고 엄마가 독
서하는 시간과 몰입과 정적을 함께 했다.

냉장고도 없던, 연탄불에 푸세식 화장실을 쓰던 우리 집이었다. 엄마는 부엌 같은 곳에서, 나무농사를 짓던 아빠와 일꾼들의 점심, 새참을 새벽마다 몇 바구니씩 준비했다. 그리고 아빠를 따라 밭일을 나갔다.

내가 많이 어렸던 때였다. 제길. 주부로 일꾼으로 엄마가 어떻게 독서가도 될 수 있었는지 이제야 이해되지 않는다. 이제야 가슴이 저려온다.

엄마는 한 번씩 나에게 편지를 쓸 때면 '니'를 '늬'라고 썼다. 어원도 모르는, 참뜻도 모르는 글자. 이 해괴망측한 글자가, 작가의 품위를 지키기 위해서는 쓰지 말아야 하는 글자가 엄마의 것이라니. 엄마의 글쓰기의 일부분이라니.

지금이라도 엄마에게 물어볼까 싶었다. 엄마는 왜 '니'를 '늬'라고 쓰게 되었는지. 이유가 있으면 어떻고 이유가 없으면 또 어떨까 싶어서 이내 생각을 관두었다.

엄마가 책을 읽고 있었던 뇌, 엄마가 편지를 쓰고 있었던 뇌는 피곤하기 짝이 없었을 테다. 그런데도 엄마는 책을 읽고 편지를 썼다. 엄마의 피곤한 행위들은 습관이었을까, 아님 본능이었을까.

아빠와 이혼을 하고 갑자기 어린 내 동생 둘의 가장이 되어 버린 엄마는 한동안 책과 글을 잊고 지낸 듯

했다. 그러다 17년 후, 동생들이 자기 몸 하나씩은 돌볼 수 있게 되었을 때 엄마의 무릎은 언덕진 도서관을 오르내리며 책을 빌리러 다니는 데 걸림돌이 되어 있었다. 그리고 엄마는, 손톱 끝이 시커먼 손가락으로, 짧지만 띄어쓰기가 없고 경상도 사투리가 섞여 있어 몇 번을 읽어봐야 이해가 되는 문장으로 간간이 카톡을 보낸다.

딸 셋을 다 키운 엄마와 아들 셋을 키우고 있는 나는, 그동안 어떻게 뇌가 바뀌게 되었을까. 그 과정과 결과, 또다시 생성될 과정과 또다시 변하게 될 결과를 오늘도 난 책읽기와 글쓰기에 물어본다.

지랄하네

15

훗

•1래서 글쓰기가 재밌는 거다.

내가 아이들에게 사용하는, 최고 난이도 욕의 형태.

엄마로서 해야 할 일들이 많은데, 그 해야 할 일들이란 게 대부분 하기 싫은 것들이기 때문이다. 아이들도 아이들로서 해야 할 일들이 많은데, 그 해야 할 일들이란 게 또 대부분 하기 싫어하는 것들이기 때문이다.

초등학교 2학년으로 2달째 살고 있는 막내가 말했다.

나, 학교 가기 싫어. 공부하는 것도 재미없고 친구들도 싫어.

난 속으로 답했다.

지랄하네.

근데 학교 가기 싫다고 드러누워 떼라도 쓰게 되면, 힘들어지고 애가 타는 건 아들이 아니라 나이다. 교양 있는 엄마, 논리적인 엄마가 되어야 할 때였다. 도레 '미' 목소리, 옅은 미소와 함께.

엄마는 뭐 빨래하고 청소하고 밥 하는 게 좋아서 하는 줄 알아? 엄마니까 해야 되니까 하는 거야. 너는 학생이야. 학생은 기본적으로 학교에 가서 공부하는 사람을 말하는 거고. 그런데 엄마가, 공부 잘 하라고 말한 적이 한 번이라도 있어? 그냥 학생으로서 니가 해야할 일에만 충실하라고.

내 말과 목소리와 미소가 통했나 보다. 막내는 주제를 사알짝 바꾸어 대꾸했다.

공부는 그렇다 해도 방과 후 수업 싫어. 피아노랑 바둑 끊을래.

어쭈. 또 설득시켜 달라는 거지? 좋아, 난 엄마니까.

방과 후 수업 신청하기 전에 엄마는 너의 의견을 물어 봤었어. 피아노랑 바둑 하고 싶다고 말한 건 너고.

그러니까 니가 한 선택에 책임은 져야 하겠지? 여름방학 전까지는 해야 해.

막내는 2학기가 되면 피아노만 끊겠다며 자신의 마음을 하향 조정시켰다.

내가 편하기 위해 그때 막내에게 마음대로 하지 못한 말을 여기에다 써 본다.

지랄하네.

홋, 이래서 글쓰기가 재밌는 거다.

튀는 행동

16

타고난 기질들마저

엄마로 잘 살아내기 위해 쓰임 받고 있다.

어딜 가나 튀는 사람이 있다. 내가 그렇다.

초등학교 5학년 때 친구들과 함께 서태지와 아이들 그룹을 결성해 교내 행사, 교외 행사 때마다 티피코시 옷(서태지와 아이들이 광고하던)을 입고 춤을 췄다.

고등학교 2학년 때에는 언더그라운드 그룹의 공연을 보러 가서 방방 뛰는 점프력이 남달라 눈에 띄는 바람에 무대 위로 올라가게 되었다.

출장 다니는 일을 하면서는 유치원, 어린이집 원장님과 선생님들 앞에서 랩을 했다. 청중이 20명이든 200명이든 상관없었다.

김애란 작가님의 북 콘서트 현장에서는 세 번 지목되었다. 사회자 분이 박수를 크게 치는 사람에게 책 선물을 준다 하시기에 핸즈 업에 우우, 환호성을 추가하여 나의 사랑하는 책을 거머쥐었다. 질의응답 시간에

는 김애란 작가님 성함 3행시로 질문을 만들어서 뽑혔
고 또 책 선물을 받았다. 마지막으로 김애란 작가님께
더 물어보고 싶은 것이 있는 사람은 손들라 했다. 높이
손을 들었지만 사회자의 답은 이러했다.

그만 손드세요.

그냥, 내가 생겨먹은 게 이렇다. 타고난 기질이.

그리고 아들 셋을 키우려면 이만큼의 낯짝이 필요하
지 않겠는가. 안 그래도 아들 셋 때문에 사람들은 진짜
내 나이보다 두세 살 더 추가해서 액면가를 정하는데
말이다.

사람들이 나이보다 훨씬 어려 보이는 경우가 흔한
것은 책임질 일이 없기 때문이라 생각한다는 조지 오
웰의 글을 읽었다. 에흠! 고로 나는, 책임질 일들도 있
고 책임도 잘 지고 있는 어른이라는 뜻이군. 옆집 김씨
아저씨의 글이 아니라, 조지 오웰의 글이라 냉큼 믿음
을 확장시켜 받아들였다.

나로 살아간다는 것과 엄마로 살아간다는 것은 경계
가 모호하다. '경계'라는 단어 뜻이 무색할 정도로 '나'
와 '엄마'는 하나의 인격체로 여겨지기도 한다. 튀는 행
동들마저, 타고난 기질들마저 엄마로 잘 살아내기 위

해 쓰임 받고 있다.

엄마로 잘 살아내기 위해 도로가에 돗자리를 피고 각종 나물과 채소를 파는 할머니가 "새댁아, 보고 가라"는 손사래로 튀는 행동을 보이신다. 엄마로 잘 살아내기 위해 우리는 또 할머니에게 "한 움큼 더 넣어주세요." 말보다 손이 먼저 움직이는 튀는 행동을 보인다.

손해 보는 장사라 말씀하시는 할머니가 책임감 강한 엄마일까, 손해 보는 장사를 누가 하냐 말하는 우리네 또래 엄마들이 책임감 강한 엄마일까.

조지 오웰에게 물어볼 수가 없어, 또 다른 작가님들의 글을 읽으며 또 다른 글을 써 내려가며 타인과 나 자신에게 물어봐야겠다.

그 시점에서 나에게 '삶'이란

17

순간순간 맡겨진 내 역할에 무게감을 주고

때로는 무게감을 덜어낼 수 있는 마음을

잘 다스려 나가는 것

삶이란 게, 누가 잘났고 누가 못났고 말할 필요가 없는 것 같아.

알았으니까 빨리 가자.

남편과 내가 백수와 백조로 지내고 있을 때, 우린 커피숍을 자주 갔다. 아메리카노는 바뀌지 않는 메뉴가 되었고 커피 값에 걸맞는 책읽기와 글쓰기 분량을 뽑아내기 위한 기브 앤 테이크 정신을 가졌다. 남편은 간간이 뱉어내는 중얼거림과 한숨을 습관으로 가지려 하였다.

누군가는 이리 위로해 주었다. 백수, 백조가 변화하기에 딱! 좋은 환경이라고. 미래에 대한 걱정이란 것도 자주 하다 보면 무뎌지는 성질을 가지고 있는지, 아무 생각 없이 내가 할 수 있는 책읽기와 글쓰기에 집중하였다. 현실 도피인지, 책임 회피인지, 그딴 것으로 생각을 재단하지도 않았다.

화요일. 막내가 학교에서 일찍 돌아오는 요일이었다. 집에 혼자 있는 것을 극도로 무서워하는 막내여서 하교시간 안에 맞추어 나는 무조건 집에 있었다. 커피숍에서 집으로 돌아가는 시간을 넉넉히 10분 잡고 일어나려고 했지만, 남편은 갑자기 철학자 같은 말을 했다. 막내가 돌아올 시간이 다 되었는데 '삶'에 대해 논하고자 하다니.

알았으니까 빨리 가자.

그 시점에서 나에게 '삶'이란, 막내가 하교하기 전에 집으로 가 있는 것이라 정의내리고 싶다. 순간순간 맡겨진 내 역할에 무게감을 주고 때로는 무게감을 덜어낼 수 있는 마음을 잘 다스려 나가는 것이 '삶' 아니겠는가.

백수, 백조라고 해서 행동거지와 머릿속을 진짜로 하얗게 만들고 싶진 않다. 이것 또한 지나가리라, 진부하지만 멋들어진 말이 떠오른다. 책읽기와 글쓰기가 얼마나 좋은 행위인지, 얼마나 좋은 친구인지 시간이 조금 더 지나고 나면 분명히 알게 될 것이다.

순간순간을 질서정연하게 살 수 있도록, 불필요한 행위와 생각의 거품을 뺄 수 있도록 도와주니까.

어찌할 수 없는 것일까

18

나는 결국,

아빠에 대한 복잡한 내 기억을

글로 남겨둔다.

고민했다.

전주수목원 나들이를 가서 몇 가지 기억을 가져온 게 있는데 마지막 기억을 어찌 할지.

주차장의 관광버스와 노란 버스들은 군대와 같은 위엄을 보여주었고 그 위엄을 타고 온 귀여운 할머니들과 아이들은 '누가 더 행복한가' 대회에 참가한 듯, 끝내주는 미소와 웃음소리를 보여 주었다.

성능 좋은 휴대폰 카메라는 밟으면 쓸데없는 마음들도 바스러트려주는 자갈밭과 초록 버드나무, 이름 모를 보라색 꽃, 하늘하늘 하늘을 한꺼번에 저장시켜 주었다.

조금만 언덕진 길을 올라도 숨이 차게 만들어 버리는 뱃살, 엉덩이, 허벅지의 묵직함은 내 몸이 변치 않았음을 기억나게 해 주었다.

어머어머어머어머, 나의 감탄소리를 먹고 0.1mm씩 피고 있는 듯한 원색과 파스텔 색의 개성강한 꽃들은 그 어떤 수식어를 붙여도 부족했고 존재를 다 드러내지 못할 것 같았다.

봄옷 입을 틈도 없다며 22도의 한낮 기온을 아쉬워하던 찰나, 다음 계절을 준비하기 위해 잘려져 쌓여 있는 나뭇가지들이 눈에 들어왔다. 전주수목원에서 가지게 된 마지막 기억은 이것이었다.

많이 덥겠다, 아빠.

하필 그때, 돈 안 되는 나무 농사를 짓고 있는 아빠가 떠올랐다.

하필 그때, 두 달 동안 전화 통화를 하지 않은 아빠가 떠올랐다.

하필 그때, 자식에게 줄 게 없어 얼굴보기를 민망해하는 아빠가 떠올랐다.

나는 결국, 아빠에 대한 복잡한 내 기억을 글로 남겨둔다.

내가 먼저 죽든, 아빠가 먼저 돌아가시든, 서로의 죽음을 예감하게 될 때가 온다면, 온전히 전하지 못했던 부끄러운 내 진심을 이렇게라도 보여드리고자 함이 이유이다. 아빠가 이 글을 읽을 수 있기 위해서는 아무래도 내가 먼저 죽는 게 순서인 듯한데, 이 또한 내키진 않는다.

죽음 전 이생에서 우린 어찌할 수 없는 것일까.

아빠, 우린 어찌할 수 없는 것일까요.

사는 것, 쓰는 것, 어정쩡함

19

무어라 정의내리기 힘든 어정쩡함이

매력적이다.

3일 만에 3배가 자랐다. 베란다 앞 나무의 나뭇잎들이.

　자신에게 맞는 성장속도의 타이밍을 어떻게 알고 있는 것일까, 매일 아침 나와 나뭇잎들에게 되묻곤 했다. 본능이래도 기가 막히고 자연의 슈퍼 울트라 캡숑 능력이래도 기가 막힐 이유이다.

　연두색도 아닌 것이 초록색도 아닌 것이 무어라 정의내리기 힘든 어정쩡함이 매력적이다. '그림을 그려놓은 듯한'이라는 케케묵은 표현 외에는 2019년 4월 18일의 나뭇잎들을 설명할 길이 없다.

　2019년 4월 18일의 이 적막감은 또 어찌 설명해 볼까(첫째 아들은 학교에서 아직 돌아오지 않았고 둘째는 만화책을 보고 있으며 막내는 게임을 하고 있다).

나는 《글쓰기는 스타일이다》, 《에고라는 적》, 《에세이를 써보고 싶으세요?》, 《쓰기의 말들》 책을 내키는 대로 돌려가며 짬짬이 읽고 있었다. 어디선가 문장 하나 건져 올려 내 글에 걸칠 수 있게 되길 바라는, 행위는 구차하나 마음은 오뚝하다. 나와 독자, 모두에게 좋을 수 있는 글 한 편 쓰고 싶다는데 정신없고 규칙 없는 책읽기쯤이야 뭐 대수라고.

나뭇잎들 또한 어정쩡함 속에서 자신의 존재를 확실히 드러내지 않았는가. 나뭇잎들 또한 어정쩡함 속에서 자신의 매력을 어필하지 않았는가.

삶은 늘 어정쩡함과 같이 살고 있다. 글쓰기 전 마음의 분위기도 어정쩡함과 같이 살고 있다. 사는 것, 쓰는 것, 어정쩡함.

무수한 사유의 새순을 피워 올리는 '어정쩡함'이라는 단어를 이 봄에 다시 내 것으로 삼는다.

_____

며칠 전 밑줄 그어 놓았던 은유 작가님의 글이 나에게 3배 더 가까이 와 닿는 순간을 이 봄에 경험해 본다.

4월 18일

20

조금 늦은 날,

그들의 슬픔과 나의 슬픔을 엮는 것을

미안해하고 그리워한다.

노란색을 보지 않기 위해, 4월 16일을 기억하지 않기 위해 조금 노력했다. 엄두가 나지 않았다. 그들의 슬픔과 나의 슬픔을 엮는 것이.

은유 작가님의 《다가오는 말들》을 읽는 중에, 4월 18일인 오늘에, 하필인지, 때마침인지, 세월호 이야기를 마주하게 되었다.

애가 좋은 데 간다는 스님의 조언에 따라 호성 어머니 정부자 씨는 아이의 노트며 가방을 그대로 태웠다. 그런데 신발은 아이가 수학여행에 다 신고 가버리는 바람에 남은 게 없었다. 없어서 하나 사서 태워줬다며 왜 그리 구질구질하게 살았는지 모르겠다며 엄마는 가슴을 친다. 죽은 아이의 신발을 버리기만 하는 것이 아니라 새로 사기도 해야 한다는 것을 난 이 책에서(《금요일엔 돌아오렴》) 처음 알았다.

내 남편이 교회 사역자임에도 불구하고, 이 글에 등장하는 스님과 의식을 치른 호성 어머니를 응원하면서 나의 신에게는 고개를 숙이는, 야릇한 감정을 느끼고 있었다.

태어난 지 한 달 만에 떠나버린 나의 둘째 조카 기주의 마지막을 준비하던, 엄마의 *끄억거리던* 소리도 기어이 생각나고 말았다.

"과자 한 번 못 무 보고…"라며 엄마는 기주 가는 길에 넣어줄 과자를 한지에 싸고 있었다.

"기주 배고플끼다"라며 찰밥을 담아 온 동그란 모양의 플라스틱 통은 무어라 설명하기 힘든 물건이 되어 버렸다.

조금 늦은 날, 세월호와 기주를 생각하며 미안함과 그리움의 4월 18일을 글로 써 본다.

꿈과 사실

21

처칠이 말했단다.

그럴 듯해 보이는 꿈보다

객관적인 사실이 더 낫다고.

처칠이 말했단다. 그럴 듯해 보이는 꿈보다 객관적인 사실이 더 낫다고.

지금 나에게 있어 그럴 듯해 보이는 꿈은 내일 계획되어 있는 남편과의 여행이고, 객관적인 사실은 여행 경비를 책 구입비로 대체할까 고민하고 있는 생각이다.

'꿈'과 '사실'이라는 단어를 뺀다면, 여행이 사실이고 생각이 꿈이 되어야 하는데 말이다.

우리 집은 여행을 할 만큼 물질적으로 환경적으로 멋 부릴 여유가 없는 것이 여행이 꿈의 자리를 차지하게 된 이유이다. 그럴 듯한 여행의 목적은 결혼 17주년 기념이지만, 남편과 나는 백수와 백조로 지내고 있다. 이제 곧 이사와 아이들 전학 문제가 닥칠 것이다.

이사 비용으로 150만 원 정도 예상되는 가운데, 아이들이 새 학기를 보낸 지는 이제 2달을 채워 나가고 있다. 그런데도 남편과 나는 여행을 계획했다.

작가에게 있어서 책은 필수품이다. 온갖 감정과 기억과 성찰을 뫼비우스의 띠로 만들어 준다. '너를 사랑한다'라는 문장을 보고 '우리를 미워한다'라는 전혀 엉뚱한 문장을 불러내기도 한다.

나의 버킷리스트 중 하나가 서점에서 책 30권을 한꺼번에 사서 어떻게 해서든 양손에 들고 집으로 와 보는 것이기에 나는, 꿈에 그리던 여행과 저울질할 만큼 책을 열렬히 원하고 있었다.

처칠의 말을 신뢰한다면, 내일 나는 여행지 대신 서점에 가 있을 것이다. 누군가를 신뢰하기가 이다지도 싫을 수가 있다니.

안 되겠다. 내가 아쉬워질 때 찾게 되는 신의 존재에게 기도하는 편을 택해야겠다. 눈먼 돈이나 문화상품권을 보내 주신다면, 하나님의 사랑에 감사드리며 기가 막힌 글을 쓸 수 있도록 신중하게 고르고 고른 책들을 잘 사 보겠노라고 말이다.

여행도 가고 싶고 책도 사 보고 싶은 내 마음이 지나친 욕심이 아니라면, 하나님을 향한 저의 신뢰가 이루어질 줄 믿쑵니다! 믿음은 바라는 것들의 실상이요, 보지 못하는 것들의 증거니.

(나도 이런 간증을 꼭 해 보고 싶었다. 다음 날 막내 도련

님이 10만 원을 보내왔다. 맛있는 거 사 먹으라고. 그래서 나는 마음 편히 여행코스에 서점을 추가하여 《슬픔을 공부하는 슬픔》, 《검사내전》, 《어쩌면 내가 가장 듣고 싶었던 말》을 데리고 왔다. 도련님 만세! 하나님 만만세!)

최고라뇨

22

'최고'를 의미하는 엄지 척이

철저히 당신을 위한 것이 될 수 있도록.

"안녕하세요? 대한민국 최고의 강사, ○○○입니다."

유명인들을 모셔서 그들의 성공담과 지식, 지혜를 강의로 듣는 모 프로그램에서 그 당시 잘 나가고 있던 어떤 분이 자기 자신을 소개했던 멘트이다.

난 직감했다.

곧, 가겠구나.

자신이 자신을 평가할 때 쓸 수 없는 단어가 있는데 '겸손'과 함께 '최고'라는 단어가 그러하다. 지극히 주관적이고 지극히 교만하다.

어떻게 자기 입으로 자신을 대한민국 최고의 강사라 소개할 수 있지? 이는, 강사를 꿈꾸는 나의 열등감도 아니고 그 사람을 폄하하려는 모함도 아닌, 이성적 영역의 판단이었다.

'최고'의 자리는 1초마다 바뀔 수 있고, 사람마다 판단하는 기준이 다르므로 섣불리 사용하기 힘든 성질을 가지고 있다. 불안정하고 불분명한 수식어를 자기 자신에게 투하하는 그 사람의 한 마디 멘트가 지진을 예언했다.

얼마 안 되어 그 사람은 불미스러운 일을 일으켜 강의 프로그램이 아닌, 뉴스에 나오게 되었다. 사람이 참 간사하고 귀가 얇다. 공인은 한 번만 잘못해도 그 사람이 했던 말, 그 사람이 출연했던 영화, 그 사람이 쓴 책 모든 것이 다시금 보기 싫고 읽기 싫고 듣기 싫어진다.

가만, 내가 이름이 알려지는 작가와 강사가 되면 어쩌지. 말과 행동 무진장 조심해야겠다. '최고'의 '겸손'을 장착하고 말이지.

이즈음에서 나는 지극히 주관적이고 지극이 교만한 김칫국을 원샷해 보는 바이다.

순간, 멋쩍어지는 양볼 빨개짐은 어찌 정의내려야 하나. '최고'를 의미하는 엄지 척!이 철저히 당신을 위한 것이 될 수 있도록 글쓰기로 내 마음을 다지고 또 다져 나가야겠다.

불멸의 엄마들

23

내 새끼들을 뻔한 불가능의 세계 속에서 지켜주기 위해서는

문학의 힘을 빌려 불멸의 엄마가 되어야 한다.

그들은 문학만이 제 밋밋한 삶에 활력을 불어넣고, 메마른 삶에 의미를 가져다준다고 확신한다. 그 확신에 불을 지피고 키우는 것은 자신의 생래적인 기질, 즉 본성이다. 따라서 그것은 누가 말려서 그만둘 수 없는 일이다. 나는 지금도 젊은이가 문학을 하겠다고 말하면, 즉시 그를 연민의 눈길로 바라본다. 뻔한 비극, 뻔한 불가능의 세계 속에 몸을 던지겠다니.

-불멸의 작가들. 프란시스아말피. 월컴퍼니-

매번 나는, 글을 다 쓰고 난 후 제목을 떠올린다. 그런데 이번만큼은 인용 글의 책제목을 보는 순간, 본성적으로! 패러디가 되었다.

불멸의 엄마들.

이 얼마나 아름답고 처절한 단어인가(문학과 엄마는 어찌 이리도 닮아있는 것인지, 기쁘기도 하도 슬프기도 하다).

밋밋하고 메마른 삶에 의미를 가져다주는 존재가 엄마임은 확실하나, 뻔한 비극이 기다리고 있음도 거의 확실하다. 뻔한 창조가 우리를 기다리고 있었듯.

"난 반드시 엄마가 되고 말테야!" 꼿꼿한 각오가 엄마를 만들어주지 않았다. 태초의 삶이 자연스레 엄마를 잉태했다. 그리고 연민의 문학이 엄마인 우리를 키워주었고.

내 새끼들을 뻔한 불가능의 세계 속에서 지켜주기 위해서는 문학의 힘을 빌려 커 나가는 엄마, 불멸의 엄마가 되어야 한다. 엄마는 엄마대로, 문학은 문학대로 자신의 본분을 다하느라 불멸의 눈물을 본능이라 칭한다. 그러니 문학과 같은 편먹고 두 주먹 불끈 쥐어본 후, 글도 써 보자. 불멸의 엄마들이여!

존재의 정당화
행위의 정당화

24

엄마로서 몸부림쳤던 존재의 정당화를

'글쓰기'라는 행위의 정당화와 함께하는 바이다.

환자가 '어떤 병원에서 어떤 의료 행위를 받느냐'가 아니라 '누구와 함께 죽음을 맞이하는가'가 절대가치가 될 수 있는 것, 터미널 케어(말기 간호)의 본질이라고 한다.

'어떤'이라는 행위보다 '함께'라는 존재가 앞서는 말이다.

엄마의 본질 또한 마찬가지 아니겠는가 싶다.

엄마의 행위가 정당화되기 위해서는 아이의 행복과 함께하고자 하는 (일부분적인) 존재의 정당화가 이루어져야 하니까 말이다.

정당화를 평가하게 되는 존재가 결국에는 타인이라도, 결과 전 처절한 과정과 싸워야 하는 존재는 거두절미하고 나 자신이다. 나는 누구인가, 라는 진부하고도 낯간지러운 첫 질문부터 나는 어떻게 살아야 하는가, 라는 의기소침하고 현재진행형을 벗어나지 못하는 질문까지 온전히 내가 답을 찾아야 하고 그래서 행위의 정당화로 마침표를 찍어야 한다. 이를 위해서는 존재의 정당화를 야무지게 다지고, 행위의 정당화를 완성함에 있어 방해되는 것들은 무엇인지 알아야 한다.

그리고 때론 방해물들을 내 편으로 만드는 지혜가 필요하기도 하다.

부모에게 싫다는 말 한 번 못해보고 경직된 어린 시절을 보냈던 나는, 처음 만나는 사람의 말투와 인상에서 내가 싫어하는 성격으로는 무엇을 가지고 있는지 유추해 보려 한다. 내 입맛엔 분명 짠데 상대방이 달짝지근한 맛으로 음식을 평하면 갑자기 혀의 구조가 바뀌어서 짠 맛을 단 맛으로 인정해 버린다. 권투 선수처럼 몸으로 싸워대던 내 부와 내 모, 그들을 말리는 일을 힘에 부치게 반복적으로 했던 나는, 막내아들이 내 등에 올라타면 몸이 땅 속으로 꺼져버릴 것 같은 센스등이 켜진다.

내 마음과 내 몸이 어쩔 수 없이 기억하고 있는 방해물들.

방해물들과 함께 잘 살아보기 위해 몸부림친 것이

12년 정도 된 듯하다. 근거 없는 낙관주의와 현실을 직시하지 못하는 긍정의 거품은 비판적인 성격으로 방어를 한다. 상대방과 관계가 어찌 되든 말든, 단어의 여과 없이 내 의견을 단단하게 못 박아 버리고 싶은 상황에서는 '옳고 그름을 꼭 가려야 하는가'를 기준으로 삼고 있다. 아무 연유 없이 급작스레 우울해질 때에는 감정은 감정일 뿐, 감정에 속지 말자는 생각을 세팅해 놓았다.

버릴 수 없는 방해물들, 재활용이 가능한 방해물들이라면 이것들과 함께한다 해도 얼마든지 존재의 정당화와 행위의 정당화를 이룰 수 있다는 것을 나의 경험이 증명해 준다.

우선순위, 마음의 중심, 절대가치, 그리고 본질. 내가 좋아하는 단어들이다. 내가 좋아하는 단어들을 최고의 자리에 앉히기 위해 나머지들을 비하하고 싶진 않았다. 어차피 본질은 우선순위, 마음의 중심, 절대가치와 함께 존재의 정당화라 불려야 하고 이를 통해 부수적인 행동의 정당화까지 이루어내야 하기 때문이다.

엄마로서 내 본질을 말기에 간호하지 않고 초기에 간호하여 쾌차할 수 있도록 몸부림쳤던 존재의 정당화를, '글쓰기'라는 행위의 정당화와 함께하는 바이다.

타인의 슬픔

25

반성문을 쓰기에

적절한 타이밍,

적절한 슬픔.

《눈먼 자들의 국가》에서 저자인 졸고는 나에게 말했다.

타인의 슬픔에 대해 '이제는 지겹다'라고 말하는 것은 참혹한 짓이다.

졸고의 한 문장에 나는 이내, 타인의 슬픔의 무게가 상상이 되지 않는, 실제 무게가 상상이 되지 않는, '세월호'라는 단어를 어렵지 않게 떠올리게 되었다.

그리고 이내, 인스타그램에 올린 글에 '좋아요'를 의미하는 하트 모양을 누군가 눌러주진 않았을까 하여 휴대폰 화면을 켜 보았다.

아이러니하고 위선적인 생각과 행위가 10초 안에 모두 발각되는 순간이었다. '타인의 슬픔에 무뎌져 간다'

라는 말이, '세월호와 하트 모양은 어울리지 않아'라는
말이, 동전의 양면이 되어 어떤 면을 보더라도 타인의
슬픔이 아닌 나의 슬픔이 되는.

타인의 슬픔을 지겹다고 생각한 적은 단 한 번도 없
는데 말이다. 아님, 내가 나를 부정하고 있는 것일까.
또 아님, 자기 합리화가 무의식을 사용한 것일까.

커피숍 창가로 보이는, 가로수와 가로수 사이의 줄
에 묶여 바람에 간간이 흔들리는 부처님 오신 날 기념
등들이 형형색색으로 묻는 듯하다.

너는 자비로운 사람이니, 너는 자비로운 엄마이니,
너는 자비로운 작가이니.

부처님 오신 날 기념등들에게 가슴을 뜨끔거리며 답
했다.

노코멘트. 난 예수님 믿어.

타인의 슬픔은 믿지 못하면서 타인의 슬픔과 함께하
셨던 예수님의 존재는 믿다니.

반성문을 쓰기에 적절한 타이밍, 적절한 슬픔이다.

울어줄 만하옵니다

26

울고불고하기에는 너무나 컸던 고통 속에서 태어난 너희들인데.

제 집안의 불행은 울고불고하기에는 너무나 크옵니다. 하
지만 제 친구의 고통은 울어줄 만하옵니다.

-역사. 헤로도토스 저(천병희 옮김). 숲-

'울어줄 만하옵니다.'

뭐지,

무게감을 더할 수밖에 없는 상황에서만 사용 가능한
'울음'이란 단어에 기분 나쁜 주관적 판단을 하면서도
격식은 있는 대로 챙겨가려는 이 표현은.

불행, 고통, 슬픔, 눈물, 이러한 단어들은 판단이 불
가하다. 생긴 얼굴들만큼 살아온 나날들이 다 다르기
에 기준으로 내밀 수 있는 인생의 표본이 없기 때문이
다. 울고불고하기에는 너무나 크다는, 울어줄 만한 불
행과 고통이라는, 판단을 할 수 있는 불행과 고통은 전

무후무하다. 자기 자신만의 기준으로 있다고 한들, 찾아내어서도 안 되고 찾으려 해도 아니 될 일이다. 싸가지 없이.

옛날 사람다운 이름을 가진 헤로도토스 글 앞에서, 요즈음 사람다운 이름을 가진 나, 미정이는 아름답고 곧다는 한자의 뜻과 함께 아직 정해지지 않았다는 뜻을 가지고도 있는 '미정'이가 되어 기억으로 굳어져 있었던 내 아들들의 울음의 한 조각을 떼어내 본다.

너희들의 울음은 '울어줄 만한' 것이었는가.

참, 간사하다. 조금 전만 해도 세상 사람들의 고통에는 관대하자, 평하지 말자던 내가 조금 후에는 내 아들들의 울음에 코웃음을 치고 있다니. 아름다움과 곧음이 아직 정해지지 않은 이 엄마는 이름을 바꾸어야 할까.

출산 연기를 하는 예쁜 연기자들이 으악, 으악, 소리 지르는 장면을 볼 때마다 자연분만 2회, 제왕절개 1회 경험을 가지고 있는 나는 뇌어었었다.

거짓말. 너무 아파서 소리도 못 지르겠던데.

울고불고하기에는 너무나 컸던 고통 속에서 태어난 너희들인데, 이 엄마는 습관처럼 너희들의 울음을 과소평가하고 있구나.

그러나, 용서를 빌진 않겠다. 내 너희들을 키워가면서 충분히 고통을 당하고 있으니. 적절한 기브 앤 테이크 관계에서 서로의 눈물을 보게 될 때에 '울어줄 만하다'라고 속으로만 말하자. 조금의 연민을 보태어.

수신차단자

27

내가 또 다른 누군가에게
위안을 가장한 침묵을 행세하는
'지인들 중 타인들'이 되지 않기 위해.

기도는 제가 직접 할 테니 설거지나 좀 해주시겠어요?
　　-슬픔의 위안. 존 마라스코, 브라이언 셔프. 현암사-

　　기도를 가르치는 사람에게 억울함을 당했다. 100퍼
센트 깔끔하게.
　　관계의 어긋남이란 쌍방과실임을 확신하고 있었던
나에게, 토르의 망치를 빌려 빙빙 돌리며 한쪽 입꼬리
만 올린 채 무한 비웃음을 퍼붓는 기괴한 사건이 발생
하게 된 것이다(두 달 동안 기본적인 집안일 외에 거의 아
무것도 못했으니, 글쓰기와 책읽기를 못했으니, 같은 동선을
따라 거실을 빙빙 돌거나 하염없이 울어댔으니, 이 정도면 나
에겐 사건이었다).
　　평생 몰라도 되었을 깨달음을 나에게 주었던 그 사
람을 생애 처음으로 '수신차단자'라는 불명예로 처단했

다. 조금은 통쾌하고 싶었으나 본인도 모르고 아무도 모를 불명예인지라 나 역시 불명예자가 된 듯 했다.

그리고 부수적으로 긁어모아 깨닫게 된 기억의 찌꺼기들을 발로 밟고 서 있느라 아팠고 지금도 아픈 중이다.

나 억울해요!라는 문장이 타인의 몸에 닿게 된다는 것은 그것이 침묵으로 바뀔 수 있다는 뜻이었다. 위안의 침묵이면 좋았으련만, 나의 억울함과 나의 슬픔에 발을 담그기 싫다는 지극히 타인적이고 개인적인 영역의 침묵이었다.

또 어떤 이에게 있어서는 300개가 넘는 채널의 다양화를 리모컨에 가두어, 애당초 시청하고픈 프로가 없었으면서 요즈음엔 볼 게 없다며 하품을 있는 대로 하는 지겨움 같은 것이었다.

"어쩜 좋니"를 노래랍시고 자꾸 메아리 흉내를 내는 사람을 대하면서는 나 자신이 아무도 모르게 산에 파묻힌 시체가 된 듯한 기분이었다. 시체가 기분을 느낄 수 있는 되지도 않는 일이 나에겐 현실이었다(몇 달이 지나고 다시금 이 글을 읽어보니, 내가 어지간히도 힘들었었구나 싶다. 분명, 진실된 위로를 건네주었던 이도 있었을 텐데 당신들 다 마음에 안 든다고 글을 써 놓았으니. 이기적인 판단으로 이 당시 내 감정에 편들어 주고 싶어, 조금은 머쓱한 이 글을 그대로 둔다).

입 다물고 있을 걸, 입 다물고 있을 걸, 입 다물고 있을 걸, 후회를 하면서도 정작 '수신차단자'에겐 한 마디 못하고 끝난 사이가 되어버린 것이 또 후회스러웠다.

종류가 확연히 다른 후회 두 가지와 함께 설거지를 할 때마다 "씨발"이 자꾸 입 밖으로 튀어나왔다. '수신차단자'가 더 큰 씨발의 대상인지, '지인들 중 타인들'이 더 큰 씨발의 대상인지 헷갈렸다. 그래서 그릇을 2개 깨 먹었다.

아이들이 듣게 될까 봐 애인 귀에 입김을 불 듯 욕을 하고 있는 내가 참 우습기도 했다. 본디, 쌍시옷 단어는 힘을 주어 찰진 목소리와 톤으로 해 주어야 제맛이지 않은가.

백미정이 성질 많이 죽었다, 싶었다.

앞으로도 많이 죽어야겠지, 싶었다.

내가 또 다른 누군가에게 '수신차단자'가 되지 않기 위해, 내가 또 다른 누군가에게 "어쩜 좋니"를 리모컨으로 계속 돌려보다가 마지막엔 재미없어 하며 위안을 가장한 침묵을 행세하는 '지인들 중 타인들'이 되지 않기 위해.

나는 글 쓰는 우아한 엄마이자, 우아한 사람이니, 끝까지 이미지 관리하며 한마디 하련다.

기도를 가르쳐 주었던 자여! 기도는 제가 할 테니 깨진 그릇이나 좀 치워주시죠. 나쁜 삐삐 삐 삐삐삐ㅡ.

아빠의 뒷모습

28

가끔에 롱이 나는 순간들을 힘겹게, 그러나

차곡차곡 기록하는 건

그것은 아무리 힘껏 껴안아도 돌아다봐주지 않는 뒷모습이었습니다. 피를 나눈 자의 애원하는 소리에도 절대 귀를 기울여주지 않는 뒷모습이었습니다.

-환상의 빛. 미야모토 테루. 바다출판사-

　아침 8시 19분. 아들들이 학교에 가기 전 부산한 분위기를 틈타 전화를 해 봐야겠다 싶었다. 아니, 그리해야만 했다. 두 달 동안 서로 무소식으로 지내고 있던 아빠의 생일날에.

　가족을 지키지 않은 건지 지키지 못한 건지 모를 애매한 이유들로 아빠와 엄마는 이혼을 했다. 그로 인해 나는, 여느 가족들의 뒷모습만 보아도 가슴이 찌릿 거리고 5초 안에 눈물이 차는 상처를 출산하고 키우게 되었다.

아무런 준비 없이 나의 아이들을 맞이하여 '엄마'라는 호칭을 평생 부여받게 되었듯 부모님으로 인한 상처 역시 아무런 준비 없이 맞이하게 되어 '슬픈 딸'이라는 호칭도 평생 달고 살게 된 것이다.

'엄마'라는 호칭은 부여받은 성질, '슬픈 딸'이라는 호칭은 달고 다니게 된 성질. 호칭 카테고리 안에 무수히 섞여 사는 것들 중에 서로 만나지 않았음 하는 것 2개가 하필, 이렇게 되어 버렸다.

그 후로 아빠의 뒷모습은 차츰 '뭉크의 절규'로 변해갔다. 첫애 출산 후에는 기저귀를, 둘째 출산 후에는 아기 내복을, 그리고 막내 출산 후에는 딱 봐도 빚으로 마련한 산후 조리비 100만 원을 선물로 주시고는, 끝이 났다. 아빠가 우리를 보고 싶어 하는 마음이.

기념일 며칠 전에 맞추어 아빠에게 전화를 하면 "오지 마라", "보내지 마라"가 되감기 기능처럼 플레이되었다. 목소리 톤과 색깔 또한 놀랍게도 매번 똑같았다.

'연락할 수 있는 가족이 있음에 감사하자'라는 착하고 케이크 같던 나의 신조는 변질되어 가더니 급기야 곰팡이가 피었다.

발을 걸어 넘어뜨릴 수도 없는 아빠의 뒷모습.

감정들을 예측해 보는 것이 엄두가 나지 않는 아빠의 뒷모습.

  내가 먼저 넘어져 기다리고 있다 해도 그대로 밟고 직진해 버릴 것 같은 아빠의 뒷모습.

  설 뒷날, 엄마를 먼저 보려고 가던 길에 교통사고가 났다. 동생에게 소식을 전해 듣게 된 아빠는 그제서야 휴대폰을 들고… 뒤를 돌아보았다.

  "무슨 일 있었다메? 갠찮은기가?"

  아빠의 뒷모습에서 아빠의 앞모습을 기대할 수 있는, 가뭄에 콩이 나는 순간들을 힘겹게, 그러나 차곡차곡 기록하는 것. 내가 글쓰기를 포기하지 못하는 이유 중 하나이다.

어벤져스 엔드게임

29

너무 슬플 때 쓴 글은 대중화시키면 안 되겠다 싶었으나,

타노스를 마냥 미워할 수 없었다.

타인의 감정들을 알아야겠다는 책읽기로 30대의 마지막 봄을 보내고 있다. 이기적인 건가, 때늦은 생각에 대한 벌인가. 내가 아닌 타인들에게 시선을 돌렸건만 결국엔 나 자신으로 돌아왔다. 그것도 '슬픔'의 영역에 박혀 버렸다.

슬픔과 눈물의 시를 읽고 슬픔과 눈물의 사실을 읽고 슬픔과 눈물의 신화를 읽었다. 지금 나의 슬픔과 눈물은 이놈의 글들에게 전이된 것이라 핑계 삼는다.

영화를 보고 있는데 엄마한테 전화가 오고 있었다. 곧 전화 드릴게, 문자를 했지만 영화를 다 보고도 통화 버튼을 누르지 않았다. 엄마가 남편 카드를 쓰면서 갚아야 하는 이월금액이 70만 원이 넘는다는 문자를 보았기 때문이다. 그리고 엄마는 카드 현금 대출을 받아

달라, 한 달째 쇳소리를 내고 있었기 때문이다.

하필 어제는, 엄마와 이혼한 아빠 생일. 아빠 역시 목소리에서 쇳소리가 났는데 이 둘은 이제 같이 살지도 않으면서 목소리가 비슷했다. 나와 동생들을 키워 준 시간에 대한 대가로 지금의 슬픔을 당연히 여겨야 하나. 아니, 나는 이 세상에 태어나게 해 달라 협박한 적이 없다. 부모가 되어 달라 애원한 적도 없다. 쇳소리 당신들에게.

또 하필, 오늘 본 영화는 어벤져스 엔드게임. 문자 그대로 우리말로 얼추 해석하면 '복수하는 사람들의 마지막 게임.' 나도 복수하는 사람이 되고 싶었다. 냄새 나는 슬픔과 눈물을 나에게 준 쇳소리 당신들에게. 쇳소리 당신들은 복수의 주체가 '복수형(어벤져스)'이 아닌 것에 감사하고.

영화 속 영웅들은 지극히 인간적인 모습으로 지극히 인간적인 슬픔과 눈물을 보였다. 패배의 충격으로 망가진 토르는 술만 퍼 마셔댔다. 우리 아빠처럼.

우리 엄마는 지혜롭게, 우아하게 살 수 없었을까. 토르 엄마처럼.

너무 슬플 때 쓴 글은 대중화시키면 안 되겠다 싶었으나 사흘 뒤, 자존심 상하는 나의 개인적인 슬픔을 다시 읽고는 (주관적인 관점에서) 나보다 더한 슬픔을 간직하고 있는 사람들도 글을 썼으면 하는 바람으로 생각을 고쳐먹었다.

하나 더 바라본다.

이 글이 쇳소리 당신들을 향한 나의 마지막 복수가 되기를.

타노스를 마냥 미워할 수 없었기 때문이다.

혼자 펑펑 울고 싶은 날

30

"사는 게 재미가 없어."

글은 최선을 다해 말해 주었다.

그냥 울어.

올해 서른아홉부터였던 것 같다. 나의 전작 《혼자 펑펑 울고 싶은 날》 책제목에 고개를 내젓게 된 것이.

혼자. 펑펑. 울다.

죄다 부끄러운 낱말들이다. 그렇게 돼 버렸다.

사람과 대화가 안 통한다는 말이, 그래서 입을 다물게 된다는 말이 무슨 뜻인지 정확히 알아버렸다. 뼈든 살이든 모든 생명체를 죽음 속에 가두어 같은 생명체, 동등한 생명체로 바라보게 되는 일을 겪어 버렸다. 완전한 억울함임에도 입 한 번 떼지 않고 어떤 이와 관계를 끝낸 나 자신에게 대견하다, 머저리다, 칭찬과 비난을 동시에 할 수 있음을 깨달아 버렸다.

자존심 상하는 일을 연거푸 맞고 나니 평소엔 거들떠보지도 않았던 자존심이 내 인생의 전부가 되어버린 듯 했다.

새로운 경험, 특히 슬프고 화난다 말할 수 있는 경험들이 쌓여 간다는 것은 '나이 먹어간다'라는 문장과 맞바꾸면 되는 것일까. 그래서 소리 내어 우는 것이, 혼자 우는 것이 부끄러워지게 된 것일까.

나는, 내 눈물의 존재조차 거부하고 싶을 정도로 상태가 상해 있었다. 아이들이 있는데 나도 제어할 수 없어 눈물이 흘러내릴 때에는 반사적으로 웃음도 띠고 있는, 웃긴 엄마로 웃긴 눈물을 연출했다. 아님, 흘러내리는 눈물을 그대로 둔 채 잠을 자 버렸다.

설명하기도 힘들고 설명하기도 싫은 혼자, 펑펑, 울고 싶어 하는 내 눈물을 에둘러 남편에게 이렇게 말해 보기도 했다.

"자기야, 난 사는 게 재미가 없어."

남편은 말했다.

"재미로 사나."

한탄인지, 물음인지, 현답인지, 독백인지, 비난인지, 위로인지 모를 말.

내 마음에서 조금 삐져나온 눈물처럼.

그래서 오늘도 난, 애꿎은 글쓰기 행위에 답을 요구해 보았다.

글은 최선을 다해 말해 주었다.

그냥 울어.

이 몸이 '새'라면,
그러나 이 몸은 '글'이었다

31

내가 쓴 글 한 편을 공유함으로써,

나와 비슷한 고통에 처해 있는 지구 반대편의

또는 내 코앞의 한 영혼이 살 수 있다는 믿음.

이사를 하고 3번 즈음 듣게 된 새소리.

다른 나라 말로 이야기를 하는 듯 했고, 음의 높낮이가 확실히 구별될 정도로 자기 목소리에 자신 있는 듯했으며, 입모양의 변화가 상상이 될 정도로 자신이 보고 느꼈던 세상에 대해 할 말이 많은 듯 했다.

때마침 오늘은 아이들 모두 학교를 가고 커피 물을 올려놓은 시점에서 새소리를 듣게 되었다. 어디서 이렇게 나를 부르나 싶어 안방 창문을 열어 보았다. 사방 꽉 막힌 건물들, 홈 마트의 'HOME'이라는 글자만 시야에 들어왔기에 새가 안착할 만한 좋은 지점을 발견하지 못했다. 약간의 질서가 있는 전깃줄이 몇 가닥 있긴 했으나, 새의 흔적은 없었다.

새소리에 기분이 조금 좋아져 있었기 때문에 새를 찾아 기웃거리는 나의 고갯짓은 짜증을 의미하지 않았

다. 니가 어디에 있든, 어디를 날아가든, 날 행복하게
해 주었으니 너 또한 그러하기를.

　오전 11시 6분. 내 동생이 재판을 받고 있을 시각.
　아이들 전학을 미루고 나도 갔었어야 했나, 이제야
이러한 생각이 들었다. 지금 드는 생각이 어젯밤에 들
었다 한들 나는 오늘 친정으로 갔을까, 라는 생각도 연
이었다. 단 한 번도 꿈꿔본 적 없는 '변호사'라는 직업
에 대해서도 생각해 본다. 내 직업적 로망은 왜 변호사
가 아니었을까. 소질로는 적절치 않으나 지금 마음으
로는 간절한 질문도 가져와 본다.
　묵직한 균열이 한 공간을 둘러엎고 있을 분위기 속
에서 엄마와 내 동생은 숨 쉬는 것을 잊어버린 채, 쓰
러지진 않을까 별스런 걱정도 해 본다. 주름살과 흰 머
리가 얼마나 늘었을지 모를, 그딴 건 몰라도 될 것 같
은 아빠라는 존재도 떠오른다.
　마치 지금 이 순간을 예견하고 있었듯 '이 몸이 새라
면'으로 시작하는, 초등학교 때인가 중학교 때인가 배
웠던 노래가사가 갑자기 떠오르며 2시간 반을 날아가
법원 창가에라도 앉아보고 싶다는 헛웃음 나는 생각도
든다. 나이 마흔도 안 되어 사는 게 버겁다는 어른 흉
내 내기 생각도 든다. 눈물이 차오르는데 자꾸 참게 된

다. 왜일까.

잠시 나에게 기쁨을 주었던 새소리보다 음의 높낮이가 큰, 사자후를 내뿜게 될 나 자신을 두려워하고 있는 것일까. 오늘 내로 반드시 흘리게 될 눈물을 비축해 두기 위함인 것일까.

이 상황에서 글을 쓰고 있는 내가 이상히 여겨지지 않는다는 것에서 그 이유를 유추해 본다.

글쓰기는 이미 내 몸, 내 눈물이 되어 있었다.

그리고 지금 내가 느끼는 지진 같은 감정을 써야만, 타인과 공감하며 타인의 행복을 돕고 싶어 하는 소명을 이룰 수 있기 때문이다. 내가 쓴 글 한 편을 공유함으로써, 나와 비슷한 고통에 처해 있는 지구 반대편의 또는 내 코앞의 한 영혼이 살 수 있다는 믿음을 가져 본다. 아픈 나의 글쓰기가 아픈 나의 엄마와 아픈 나의 동생을 위해서도 힘을 발휘해 주었음 한다.

꽃무늬

32

꽃무늬 원피스를 입고 한 여름에 목도리를 두르고
길거리를 헤매는 사람을 흘겨보지 않기.

꽃무늬 치마, 꽃무늬 셔츠, 꽃무늬 원피스.

어떤 식으로든 나에게 어울리지 않는 무늬, 꽃무늬.
그런데도 꽃무늬를 보면 자동적으로 눈이 돌아간다.

두 동생이 태어나기 전, 내가 외동으로 살고 있던
어렸을 적 기억이다.

머리끝까지 뒤집어 쓴 이불 속에서 움직거리던 엄
마, 아빠의 행위를 보게 되었다. 이불은… 검은 색 바
탕에 노란 꽃들이 그려져 있었다. 도끼로 장롱을 찍으
면서, 겨울 날 이불에 찬 물을 끼얹어 여름 이불을 겹
겹이 덮고 잘 수밖에 없었을 정도로 지독히 싸워댔던
나의 부, 나의 모가 한 몸이 되어 행복을 만끽하고 있
다니! 아이러니한 충격이었다.

"스물이 조금 넘은 청년이 있었습니다. 그 청년은 저를 만나러 올 때 여름에도 가끔 빨간 목도리를 두르곤 했어요. 중학생 때부터 저와 만나 온 청년이었습니다. 사람들은 더운 여름에 빨간 목도리를 두른 젊은 남자를 종종 이상하게 쳐다보았죠. 청년의 어머니는 청년이 초등학생 때 암으로 돌아가셨어요. 어머니는 생이 몇 달밖에 남지 않았다는 말을 듣고는 빨간 털실을 몇 뭉치 사셨답니다. 그리고 매일매일 아들의 목도리를 떴어요. 청년은 어머니가 보고 싶은 날이면 빨간 목도리를 둘렀습니다. 그러면 어머니가 곁에 있는 것처럼 마음이 따뜻해지고 평안해진다고 했어요."

-오은영의 화해. 코리아닷컴-

스물이 조금 넘은 청년의 빨간 목도리에 꽃무늬 자수를 놓아주면 어떨까, 패션 테러를 저지르고 싶은 충동을 느꼈다. 자신의 몸을 예뻐해 주지 않는다고 골이 나 있는 남편에게는 꽃무늬 팬티를 입고 그의 똥배를 쓰다듬어 주어야 하나, 귀찮은 생각도 해 본다.

당최 어울리지 않는 꽃무늬 원피스를 입고 한 여름에 목도리를 두르고 길거리를 헤매는 사람이 있더라도 흘겨보지 않으련다.

오늘 글쓰기를 통해, 나는 착한 사람이 되었다.

첫사랑과 두 여자

———————

33

희망이나 설렘은

가지라고 있는 것이니.

"내 첫사랑이야."

이디야 커피숍, 두 칸 건너 커피를 마시고 있는 두 남자 중 한 남자가 자신의 폰을 나머지 한 남자에게 보여주며 내뱉은 말이다. 지나가는 봄날을 아쉬워하기에 너무나도 충분한 단어, 영화 '클래식'의 바라바라바라바라밤~ 너에게 난~ 가사가 툭! 튀어나올 것 같은 단어, 10대부터 80대까지를 한데 묶어버릴 수 있는 위력적인 단어, 첫사랑.

나의 첫사랑에 대한 기억은 7살, 사랑 운운하기에는 풋! 웃음이 날 만한데 첫사랑이 가지고 있는 힘 자체가 '설렘'인 듯하다.

엄마는 내가 결혼하기 전, 한 번씩 나를 "내 첫사랑" 이라 불렀다. 아빠에 대한 애증이 짜증이 된 무렵이 아니었나 싶다.

엄마의 첫사랑인, 30대의 나. 첫사랑을 잃어버린, 60대의 엄마. 서로 다른 숫자를 가지고 살아가고 있는 두 여자는 이제 어떤 단어로 설렘을 찾을 수 있을까. 정확히 말하자면… 굵기가 다른 볼펜들, 재질이 다른 책들, 크기가 다른 노트들을 가지고 커피숍에서 엎드려 글을 쓰고 책을 읽는 나는 설렘을 찾은 지 꽤 되었다.

진짜 첫사랑을 간직하고 있는 엄마는 설렘을 잃었고 설익은 첫사랑을 간직하고 있는 나는 설렘으로 살아가고 있다니, 반칙 같은 삶이다.

엄마도 글을 쓰면 좋으련만. 늙었고 다리가 아프단다. 글을 뭐, 나이로 쓰고 다리로 쓰나. 해괴망측한 노인네 같으니. 안 되겠다. 내가 베스트셀러 작가가 되어 작가가 되면 돈을 벌 수 있다고, 공저를 해 보자고 그때 다시 엄마를 꼬드겨 봐야겠다. 희망이나 설렘은 가지라고 있는 것이니(첫사랑을 기억하던 커피숍의 남자에 대한 좋은 인상은 그가 다음 단어들로 '스트립쇼', '개새끼'를 사용함으로써 산산이 부서졌다).

뜬금없는 생각을 공중하다

34

역사에게 느꼈던 불편함을 통해

글 쓰는 사람으로서 엄마로서

다짐하게 된 것

중세 시대 왕은 권력의 기반을 단단히 하기 위해 장원을 소유했었고, 이를 사람들에게 정당화시키기 위해 '신'이라는 존재를 사용했다. 중세 후기를 맞이하여 부르주아는 공장(생산수단)을 소유하여 새로운 권력을 가지게 되었다. 부르주아 역시 왕과 마찬가지로 대중들을 선동할 수 있는 정신적 기반이 필요했다. 그래서 등장한 것이 신과 맞먹을 수 있는 진리의 잣대로 '이성'을 내세웠다.

　신과 이성이 물질적, 정신적 권력을 유지하기 위해 사용되었던 도구였다니… 급격히 하락되는 가치가 맛없는 아메리카노처럼 진하게 씁쓸했다.

　새벽기도 때마다 엄마가 아멘할 수 있는 사람이 되게 해 달라고, 아들 셋의 미래를 위해, 남편의 영육간 강건함을 위해 마음속으로 부르짖고 있었던 나의 대상,

나의 신이 왕의 물질을 위해 이용되었다니. 마이쮸를 두 개 먹었네, 세 개 먹었네로 싸워대는 아들들의 뒤통수를 후려치고 싶을 때 '이러면 안 되지.' 제어해 주고 있는 나의 이성이 부르주아의 물질을 위해 이용되었다니. 현재 나의 진심을 과거 우리들의 역사가 뭉개었다니. 맛없는 아메리카노 속의 얼음을 손으로 꺼내 입 안에 틀어놓고는 와작와작 씹어 먹었다.

신과 이성을 도구로 사용할 만큼의 돈이 없는 나 자신에게 서운한 감정이 들었던 건 아닌가, 순간 헷갈리기도 했다.

역사에게 느꼈던 불편함 중에서 무엇이 진짜 진심인지, 아니면 어느 쪽에 진심의 무게를 더 많이 두어야 할지 모르겠지만 글 쓰는 사람으로서 다짐하게 된 것이 있다(워낙 뜬금없는 생각이어서 자기 합리화 같기도 하다).

"이야, 짜식. 고추 크더라."

올해 중 1인 큰아들 고추를 보게 된 남편이 했던 말이다. 키 작은 아빠를 따라잡을 날도 얼마 남지 않은, 2차 방정식 문제풀이를 도와달라는, 400페이지가 넘는 소설책을 읽고 있는 큰아들과 '역사 속 신과 이성'이라는 주제로 토론을 하게 될 날을 맞이할 수도 있을 테지.

2차 방정식은 풀어주지 못한 엄마지만, 두꺼운 소설책을 읽은 기억은 17년 전 《연인 서태후》가 끝이었던 엄마지만, 지금부터는 공부하는 엄마로서 뭘 좀 아는 엄마로서 준비를 하고 있어야겠다. 우리 큰아들은 1주 전에 전학한 학교에 대한 평을 "재미있다고 했지, 좋다고는 안 했어"라고 말하는, '김 검사'라는 별명을 가지고 있기 때문이다.

이렇게 엄마의 글쓰기를 통해, 빼지도 박지도 못할 공증을 해 버린다.

우리들의 연약함은
진실의 한 조각이기도 하다

연악함 속에서
진실된 삶의 방향이 만들어지는
아이러니함.

'죽고 싶다'라는 생각을 꽤 하고 살았다. 지금은 1년에 한 번 정도 드는 생각으로 그 횟수가 현저히 줄어들었으나 단 한 번 만에 생을 앗아갈 수 있는 죽음의 성질 앞에서 나의 변화와 성장을 자축할 수 있을까 싶기도 하다.

'왜'라는 물음을 습관적으로 주렁주렁 달고 사는 나는, 강력한 죽음으로 연약한 자아를 포장하고픈 마음의 원인이 무엇인지에 대해서도 꽤 생각하며 살았다.

상처 받은 내면아이, 불안, 강박, 고정 관념, 분노, 완벽주의 등등 유쾌함을 주지 못하는 단어의 탄생에는 늘 부모님이 계신다. 너나 할 것 없이.

그러나, 그러나 이제는, 부모님 탓보다 나의 연약함에 집중하여 조금 멋져 보일 수 있는 시선을 선택해 보려 한다(그동안 엄마, 아빠를 팔아먹는 글만 쓴 것이 갑자기 민망해졌다. 이즈음에서 나의 민낯도 팔아먹어야 통 치는 것 같아서이다).

내 오른쪽 손목에는 왼쪽 검지손가락으로 짚어 주어야 겨우 보이는 칼자국이 남아있다. 고 3때였던가. 그날도 죽음과 절친인 어떤 존재가 나를 조종하고 있는 듯한, 내 안에 또 다른 나의 목소리를 들었다. 내가 죽어야 자신의 한을 풀 수 있을 것 같다는, 분노하고 억울해 하며 파르르 눈가가 떨리고 있는 듯한 미친년 말이다. 독서실의 정적이 나를 더 부추겼고 칼로 손목을 사알짝 그어 보는 순간, 번쩍 드는 생각이 있었다.

아, 따갑다.

이내, 여러 가지 이성과 논리가 등장했다. 죽더라도 아무도 없는 곳에서 죽자, 건물 값 떨어지게 독서실에서 죽는 건 아닌 것 같아, 근데 아파서 칼로는 못 죽겠다, 아픔을 느낄 수 없는 방법으로 한 방에 죽자.

그 뒤로 나는 딱, 20년을 더 살고 있는 중이다. 삶의 의욕을 한 순간에 불러 일으켜 준 로또 당첨이나 드라마 속 남자 같은 천상의 사람을 만나게 되었던 경험은 1도 없다. 다만, 죽고 싶다는 생각이 들면 자동적으로 따라오는 문장 하나를 세팅해 놓게 되었다.

난, 절대 지지 않아.

지지 않겠다고 두 주먹 불끈 쥘 수 있었던 요인은, 질 수밖에 없을 것 같았던 극한 상황 덕분이다. 지지 않겠다는 야무진 각오는 죽음뿐만 아니라 삶의 다양한 부분들 속에서 빛을 발해 준다. 죽고 싶지만 떡볶이는 드시고 싶어했던 백세희 작가님처럼, 나 역시 죽고 싶을 때도 있지만 죽음에게 지고 싶지 않기도 하다(같은 백씨로서. 하하).

지랄 맞기도 하고 대견스럽기도 한 인간의 양면성. 조금 더 고상한 표현으로 나의 모든 것을 받아들이는 통합적 사고. 연약함 속에서 진실된 삶의 방향이 만들어지는 아이러니함. 나의 연약함, 우리의 연약함이 예쁘게 보일 수 있도록 도와주는 글쓰기.

우리들의 연약함을 진실의 한 조각으로 만들어주는 글쓰기를 통해 또 다른 연약함과 또 다른 진실 한 조각을 찾아보련다. 그래서, 죽음을 이겨내려는 나의 변화와 성장을 자축해도 될 것 같다.

아름답고 무의미한

36

의미가 없기 때문에 아름다운 것들은

충분히 많다.

시 평론가 데이비드 오어는 《아름답고 무의미한》이라는 책에 재미있는 보고 결과를 수록해 놓았다. '나는 ○○을 좋아한다'와 '나는 ○○을 사랑한다'에 대해 구글로 검색을 해 보면 전반적으로 '좋아한다'가 '사랑한다'보다 세 배 더 많다고 한다. 예를 들면, '나는 영화를 좋아한다'가 '나는 영화를 사랑한다'보다 훨씬 많다는 뜻이다. 미국, 음악, 맥주 등등 다른 단어들을 넣어 보아도 결과는 마찬가지.

그렇다면, '사랑한다'가 '좋아한다'를 이길 수 있도록 도와준 단어는 무엇이었을까. 바로 '시(poerty)'였다. 시를 좋아하는 사람들보다 시를 사랑하는 사람들이 두 배 정도 많았다고 한다.

옷, 책, 고기. 생명이 없음에도 불구하고 눈에 띄게 되면 나도 모르게 얼토당토 않는 인사를 건네게 되는 것들이다. 안녕, 옷아. 반가워. 여전히 예쁘구나. 안녕, 책들아. 내가 왔단다. 음, 고기야. 맛있게 먹어줄게.

참, 시적이다. 옷, 책, 고기에게 건네는 나의 인사법을 초등학생이 시로 썼다면 어른들에게 머리를 쓰담쓰담 받게 되었을 귀여운 표현.

아이가 시를 쓰면 대견하다 하고, 어른이 시를 쓰면 할 짓 없다 말하는 시대를 살고 있다. 시 쓰는 게 취미였는데 시 쓰는 인간들은 비싼 밥 먹고 미쳐서 그런 거라는 증거가 불충분한, 이상한 논리는 충만한, 당신이 미친 말을 한 남편 때문에 시 쓰기를 때려치웠다는 지인의 말이 떠오른다.

난 참 복 받았다 싶다. 남편은 내가 하는 모든 일을 지지해 준다(옷, 책, 고기 사는 일에 제동을 걸어주며). 투정 없이 글 쓰는 나에게는 "글은 잘 써져?"라고 '아름답고 무의미한' 말을 건네준다. 돈 안 되는 글만 쓰고 있어서 되겠냐는 나의 투정에는 "그냥 써"라고 또다시 '아름답고 무의미한' 말을 건네준다.

내 앞에서 폰을 만지작거리고 있는 남편에게 "자기는 글을 좋아하는 거야? 글 쓰는 내가 좋은 거야? 내가 글쓰기를 좋아하는 게 좋은 거야?"라고 물었다. '아름답고 무의미한' 남편의 답은 이러했다.

"뭣이 중헌디?"

내가 시를 사랑하고 남편을 사랑하는 이유는 아마, 아름답기도 하고 무의미하기도 해서 그런 것 같다. 의미가 없기 때문에 아름다운 것들은 충분히 많다.

3천 5백 원의 글

37

커피 값이 아깝지 않을 정도의 글 한 편을 쓰고 말리라는

쓰디 쓴 각오.

무명작가가 마시는 커피는 사치 품목에 속한다. 그럼에도 나는 일부러 커피숍에 가서 글을 쓴다. 아메리카노 라지 사이즈 한 잔 값은 3천 5백 원. 3천 5백 원이 아깝지 않을 정도의 글 한 편을 쓰고 말리라는 쓰디 쓴 각오 또한 마시기 위함이다.

　난방비를 아끼기 위함인가, 커피숍 사장님도 무명작가인가. 커피숍은 추웠다. 발이 시려 안 되겠다는 냄새나는 명분과 함께 글쓰기를 포기하고 커피숍을 나왔다.

　하필, 눈이 내렸다. 눈은 자신만의 '때마침'에 할 일을 했던 것 뿐. 글 안 쓰는 나를 골탕 먹이려 그랬으려고. 눈을 아름답게 볼 수 있는 찰나는 커피숍에서 글을 쓰다 창가를 보게 되었을 때 아니겠는가. 어떤 이유에서든 글을 쓰고자 하는 내 마음, 내 마음을 기쁘게 해

주는 글쓰기. 내 너에게 3천 5백 원을 투자함이 잘한
일이라 여겨진다.

김치 뒤 물음표

38

숨죽은 김치마냥,

숨죽은 오늘의 글쓰기에게

물어본다.

그래, 보내라.

엄마는 먹을 사람도 없는 담글 힘도 없는, 큰딸이 여기저기서 얻어놓은 김치를 진즉에 기다리고 있었던 걸까. 아니면, 엄마에게 미안했던 시절들을 조금이라도 없애고픈 큰딸이 베푸는 삶을 살 수 있도록 내뱉어본 말일까.

숨죽은 김치마냥.

숨죽은 오늘의 글쓰기에게 물어본다. 엄마의 진심에 대해.

대뜸 글은 대답한다. 진심은 이유가 없는 거라고. 무얼 그리 의미를 부여하려 하느냐고.

나의 습관이다. 의미가 있어야 가치가 있다고 여기는. 그래서 피곤하고, 그래서 김치 냉장고에 한 가득

들어 있는 김치를 꺼내는 것도 귀찮다. 이놈의 물음표
들을 좀 떼어내야 김치를 맛나게 먹을 수 있을 텐데.
오늘도 글쓰기를 의지해 본다. 글쓰기야, 받아라!

????????

외롭다

슬프다

그냥 그렇다

39

글을 쓰고 있는 지금도.

아이들을 생각하는 지금도.

일주일에 몇 번씩 취미로 둘러보는 예스24 인터넷 서점. 하루는 '종이인형'에 꽂혔다. 종이인형 책 종류의 미리보기를 눌러 예쁜 종이인형과 종이옷 그림을 보며 빙그레 미소를 지었다. 내 나이 올해, 서른아홉이다.

그런데 나는, 지금도 종이인형을 가지고 놀고 싶다.

누가 작가 아니랄까 봐 종이냄새를 좋아해서 그렇기도 하고,

어렸을 적에 아빠가 똑같은 종이인형을 10장 사 주셨던 기억 때문에 그렇기도 하고,

종이인형을 가지고 놀면서 행복해 했던 여섯 살의 감정을 지금도 기억하고 있기 때문이기도 하다.

그런데 나는, 종이인형을 보면서, 종이인형을 생각하면서, 동시에 외롭고 슬픈 감정을 느끼기도 한다.

종이인형을 가지고 놀고 있는 나의 모습을 보면 사람들이 이상하게 생각할 만큼 나이가 들었기 때문이기도 하고,

다시는 돌아갈 수 없는, 다시는 새로 만들기 힘든 아빠와의 추억에 괴롭기 때문이기도 하고,

혼자 종이인형을 가지고 놀고 있던 여섯 살의 내가 너무 불쌍하게 여겨지기 때문이기도 하다.

종이인형을 가지고 놀았던 어렸을 적 나는,

분명히 행복해 하고 있었는데 지금 생각하니 왜 이리도 외롭고 슬프게 느껴지는지.

글을 쓰는 행위, 분명 행복한 일인데 외롭다. 슬프다.

엄마라는 업, 분명 행복한 일도 있는데, 바쁘고 정신없는데 동시에 외롭다. 슬프다.

글을 쓰고 있는 지금도, 아이들을 생각하는 지금도 외롭다. 슬프다.

그냥 그렇다.

아이 셋, 찰나, 하,

40

때론,

가만히 있는 게

훨씬 더 좋은 위로가 될 수도 있으니.

아이 셋을 차에 태우고 주차장에서 빠져 나오려던
찰나, 접촉 사고가 나서 교회에 오지 못하신 집사님의
이야기를 전해 들었다.

아이 셋.
찰나.

가슴이 저렸다.
사고의 순간, 쓰나미처럼 자신을 덮쳤을 생각들. 아
이들 걱정과 자신이 맡고 있는 찬양 반주는 어떡하나,
누구에게 연락해야 하나, 남편은 교회에서 찬양 연습
중인데, 모두에게 민폐일 텐데(살짝 욕을 하셨을지도 모
르겠다. 충분히 그럴 만한 상황이잖은가).
머릿속에서도 사고가 났을 아이 셋의 엄마와 나는

아주 잠시, 한 몸이 되었다.

"집사님, 안 다치신 게 감사한 일이예요."

부담되지 않을 정도의 문장과 눈빛을 나름 계산하여
집사님께 보냈다. 집사님의 반응은 짧지만 강력했다.

"하…"

이 세상에서 함축성을 가장 많이 가지고 있는 단어
였다.

이 글을 집사님께 헌정하여 문자로 드리고 싶은데,
위로하기 적절한 타이밍과 관계인지 선뜻 확신이 서지
않는다. 때론, 가만히 있는 게 훨씬 더 좋은 위로가 될
수도 있으니.

내가 나를 위로하고 있는 듯한 이 느낌은 '엄마'로
살고 있는 같은 시간 때문인 건가, '작가'로 살고 있는
다른 시간 때문인 건가.

아프니까 엄마이다

41

어미의 진심이다.

어미의 거짓말이다.

그 해 여름,

막내를 뱃속에 품은 지 7개월 때 즈음의 여름,

세 번째 생명의 시작을 세상에 알리었을 때 받게 되었던 뜨거운 시선을 하늘에 버젓이 찔러놓았던 여름,

외근 나가시는 회사 사장님이 점심 밥값으로 7천 원을 주고 가신 날이 이틀 되었다.

나는 여름 햇빛에 풍덩 들어갈 뒤뚱거리는 펭귄처럼, 어울리지도 않고 웃을 수도 없고 조금은 어이없는 걸음걸이와 마음으로 아껴두었던 만 4천 원과 같이 서점을 향했다(이때 나에게 있어 돈은 무생물 이상의 가치였기에 '같이'라는 표현을 썼다).

밥 먹기가 싫을 정도로 살기 싫어 그러했던 걸까,

밥 먹기가 아까울 정도로 책을 원했던 걸까.

아기에게 영양분 한 모금 더 주입시키는 것보다

내 영혼을 살리는 게 먼저였다.

엄마가 살아야 아기도 사는 거니까.

그래야 둘 다 살 수 있으니까.

많이 아팠던 걸로 기억한다.

스산한 가을의 미래모습을 닮아 있었던 우리 가정이었다. 아니, 말은 바로 해야지. 나만 문제였다. 하나님에 대한 믿음이 견고한 교회 사역자 남편과 어울리지 않게, 나는 바스라질 것 같은 마음으로 곰팡이와 추위라는 존재감이 분명한 것들과 14평의 전쟁터에서 아들 둘, 곧 태어날 아들 한 명, 집안일과 바깥일을 진치며 연명하고 있었다.

혼자 있게 되는 시간에는 아껴두었던 '씨발'이라는 총알도 자주 발포되었다.

나는 서점 진열대에 깔려져 있는 책들을 나 자신을 연민하듯 아련하게, 저리게 바라보았다. 그리고 나뭇가지에 걸려있는 마지막 잎새의 목숨과 바꾸는 듯한 비장함으로 이 책을 사게 되었다.

흰 눈을 밟으며 앞으로 걷고 있는 듯한 사람의 뒷모습 표지사진에게, 꼭 내 마음을 들킨 것 같았다. 제목으로는 그런 나를 위로하고 있는 듯하기도 했고.

아프니까

청춘이다.

이 책을 산 지 9년이 지난 올해 봄,

내 새끼들의 웃음소리에서 굵직한 귀여움을 느끼고 있는 봄,

'작가'라는 타이틀을 가지게 되었으나 여전히 영혼이 목말라 하는 봄이 되었다.

그리고 생각해 본다.

내 아이들이 앞으로 흘리게 될 눈물이 자신들에게 진심이 될지 착각이 될지 모를 일이다, 그러나 눈물 흘리고 있는 아이들의 모습을 지켜보는 내 마음은 작은 티끌 하나라도 진심이겠지, 라고.

하여, 나는 지금 이 글을 남겨두려 한다. 엄마로서 조금의 폼을 잡고.

아픔 없고 눈물 없고 분이 없는 세상은 그 어디에도 없을 터이니…

너희들은 이겨내는 법을 배워야 한다.

눈물 닦는 법을 배워야 한다.

어미는 너희들에게 파라다이스를 만들어줄 수 없는 것이 그 연유이다.

눈물을 흘리는 그 시점부터 10년 정도 버티며 시간
을 벌어보아라.
혹 아느냐.
눈물 흘리던 횟수가 줄어들어 있을지.

이것이, 너희들의 눈물을 보고 싶지 않은
어미의 진심이다.
어미의 거짓말이다.

아프니까
엄마이다.

굶주림

———

42

지금의 나를 이겨내고

'그래, 굶주림은 훈련이었어'

머리카락을 쓸어 넘기게 되기를.

《노인과 바다》로 노벨 문학상을 받은 미국의 소설가 어니스트 헤밍웨이는 '예술가들에게 굶주림은 좋은 훈련'이라는 말을 했다. 맞는 말이다. 그런데 전적으로 인정해 버리면 내가 너무 추잡스러워 보이는 말이기도 한 것 같다.

　글 쓰는 엄마. 얼마나 간지 나는 단어인가. 그것도 이왕이면 우아하게 글 쓰는 엄마이고 싶다. 그러나 지금은 '굶주린 엄마'가 더 어울린다는 것을 부인할 수 없다. 굶주림에는 2가지 굶주림이 있다. 물질적 굶주림, 영혼의 굶주림. 나는 지금 삼시 세 끼 밥을 굶고 있진 않으니 오늘은 영혼의 굶주림에 대해서만 이야기해 보려 한다.

엄마는 영혼이 굶주려 있는 존재들이다. 워킹맘이든 전업맘이든 예외없다. 대표적으로 양육에 있어서, 애착 형성 시기인 만 3세까지는 엄마가 집에서 아이를 돌보는 것이 좋다는 주장은 전업맘들 어깨에 뽕을 넣어준다. 반면, 애착 형성은 양보다 질이라는 말은 워킹맘들이 대공감하고 싶은 주장이다.

하지만, 아이가 만 3세가 될 때까지 집에서 오롯이 육아에만 집중한 전업주부들이나, 죄책감을 무기삼아 질적으로 아이와 잘 놀아주었다고 주장할 수 있는 워킹맘들이나, 완벽한 양육에 만족해하며 자신은 좋은 엄마라고 자부할 수 있는 엄마가 얼마나 있을까 싶다. 나의 본성을 깨우고 발길질하는 아이의 본성과 맞물려 지치고 때려치우고 싶은 업이 엄마라는 사실을 부인할 수 있는 엄마는 또 얼마나 있을까 싶다. 굶주림이다.

오늘은 미치게 글을 쓰기 싫은 날이다. 이유는 모르겠다. 그래도 이렇게 또 쓰고 있다. 이것도 이유를 모르겠다. 유명 작가가 되고 싶은 욕심 때문일까. 잘 나가는 다른 작가와 나를 자꾸 비교하게 되는 열등감 때문일까. 예스24 메인화면에 뜨는 여러 책들을 보며 느끼는 부러움 때문일까. 굶주림이다.

나는 어쩌다가 엄마가 되었을까. 나는 어쩌다가 작가가 되었을까. 이 또한 모를 일이다. 굶주림이다.

이번 글을 쓰기 힘든 하나의 이유를 굳이 찾아보니, 나름의 해결책을 찾지 못하였기 때문인 것 같다. 영혼의 굶주림에 대한 좋은 점, 영혼이 굶주려 있는 나 자신에게 보내 줄 희망의 메시지, 영혼이 굶주려 있는 사람으로서 가질 수 있는 우월주의. 이것들 중 하나라도 지금 나에게는 없어서이다.

  굶주림은 좋은 훈련이라고 했던 헤밍웨이는 이 말을 노벨 문학상을 받기 전에 했을까, 받고 난 후에 했을까. 상을 받기 전에 했다면 모든 것을 좋게 생각하는 참 긍정적인 사람같이 느껴지고, 상을 받고 난 후에 했다면 산전수전, 공중전, 수중전을 다 겪어낸 전설적인 사람같이 느껴진다. 하긴, 헤밍웨이는 엄마로 살아보지 않았으니 이런 말을 하기가 우리 엄마들보다는 쉽지 않았을까. 애를 키워보며 자기 자신의 본성을 매일 직면하는 괴로움을 겪어보라지. 자기 계발서에 나오는 멋진 말들에게 원 펀치를 날리고 싶을 거다.

  조그마한 바람은 있다. 영혼이 비쩍 말라가고 있는 지금의 나를 이겨내고 나서는 '그래, 굶주림은 훈련이었어'라고 머리카락을 쓸어 넘기며 살짝 미소와 함께 되뇌어 보고 싶긴 하다. 그래서 엄마들 사이에서 전설적인 작가, 엄마로서 훌륭한 작가로 회자되는 사람이 되고 싶다. 정확히 해 두자. 진짜 굶주리면서 글 쓰는 사람 말고, 부자가 되어서 부러움의 대상이 되고 싶은 거다.

헤밍웨이 당신, 조심하세욧!

모호한 결의

43

누군가, 분명, 진즉에, 지켰어야 하는 일.

하지만,

가족이란 존재들이 어디 그러한가.

"엄마, 고추에서 왜 피가 나?"

"너희들이 엄마 말을 안 들어서 몸이 아파 그래."

작년까지만 해도 생리 때가 되면, 막내는 화장실 문을 빼꼼히 열어 뒤처리를 하고 있는 나를 사뭇 진지한 표정으로 쳐다보곤 했다.

나는, 엄마 말을 안 들으면 경찰 아저씨나 도깨비가 잡아간다는 무수한 역사를 짊어지고 구전되어 오던 속담 같은 이 말을 버리고, 가시적인 효과가 강렬한 피를 무기삼아 거짓말 같기도 하고 진짜 같기도 한 내 마음을 아들에게 넋두리처럼 뱉어냈다.

그런데 올해부터는 본격적으로 내가 부끄러운 마음이 들었다. 물론, 아들들은 커 가고 있고 나는 늙어가고 있었다. 이건, 가족 구성원끼리도 서로의 똥냄새를 주고받는 것이 예의가 아니라는 생각이 갑자기 들면서

부터인 듯하다.

누군가는 분명, 진즉에 지킬 건 지켰어야 하는 일이었다고 말할 것이다.

누군가. 분명. 진즉에. 지켰어야 하는 일.

모호하기도 하고 결의에 차 있기도 한 말들이다.

내가 아들들을 바라보며 '이번은 봐 주자'라고 때론 모호하게, '이번은 단호하게 훈계하겠어'라고 때론 결의를 다졌던 수많은 헷갈림을 함께 질타 받고 있는 것 같기도 하다.

하지만, 가족이란 존재들이 어디 그러한가. 어디서부터 어디까지 선을 그어야 하는지, 설사 사생활과 존엄성을 앞세워 선을 그었다 한들 그 선은 '우리'라는 단어를 만나면 금세 힘을 잃어버리고 만다.

나는 엄마와 자식 간의 관계에 어울리는 '우리'라는 단어를 배척하고 싶으면서도 또 어느새 '우리'가 되고 싶어 하는 아이러니한 존재가 되어가고 있었다.

그래서 정체성이 모호해진 나 스스로를 뒤돌아 봐야겠다는 약간의 몰입 상태를, 생리 때나 대변을 보러 화장실에 들어가서는 문을 잠그는 의식을 통해 드러내게 되었다.

고지식하고 비효율적인 쉼표

44

엄마도 나도 어른인 것

서로가 다른 또 서로가 같은

무거운 짐들을 메고 있는 것은

불변의 진리.

곰팡이가 피어있는 벽면을 보며
뱃속에는 막내를 품고
입 안에는 사과 한 조각을 물고
희망과 긍정이란 단어를 경멸하며 혼자 펑펑 울었던
그때,

선생님께 반항하다 수업 시간에 사라져 버렸다는 둘
째 아들을 찾으러 학교에 가던 날, 머릿속이 블랙홀이
되어 걸어갔는지 경보를 했는지 달렸는지 기억이 가물
가물한 그때,

초등학교 6학년이 되어서야 "나도 엄마 옆에서 자고
싶어"라고 어린이로서 자신의 마음을 난생 처음 표현
하던 장남의 말을 듣고 가슴이 정지해 버렸던 그때,

내 새끼들 생각하며 가슴 치며 기도하던 날 진짜 가슴에 멍이 들었던 그때,

나는 엄마에게 걸려오는 전화를 받으면 도레미파솔 '라'의 밝고 경쾌한 톤으로 목소리를 냈음이 분명하다. 물증은 없으나 심증은 확실하다. 결혼하고 17년 동안 단 한 번도 엄마에게 힘들다는 말을 꺼내본 적이 없으니까. 엄마도 나도 어른인 건 분명하나, 서로가 다른 또 서로가 같은 무거운 짐들을 메고 있는 것이 불변의 진리였기에 내 평생 엄마를 통해 쉼표를 찍어보고자 하는 마음을 절대로 비치지 않으리라 결심했으니까.

고지식함과 비효율성은 이럴 때 빛을 발한다.

그냥

45

나는 그냥 엄마 딸이고,

엄마는 그냥 나의 엄마인 거다.

지금 나의 글쓰기가 그냥

나와 함께해 주고 있듯

"사랑해."

통화의 끝 무렵마다 엄마는 나에게 사랑한다 말한다. 그리고 나의 어김없는 대답,

"어."

수십 번을 생각해봐도 왜 내가 엄마에게 "사랑해"라는 말을 메아리로 들려주지 못하는지 답을 찾을 수가 없었다. 그냥 영혼을 빼고라도, 예의상이라도 말해줄 수 있는 거 아닌가. 솔직한 성격이 장점이자 단점이기도 하지만, 여전히 나는 엄마에게 사랑한단 말을 뱉어내지 못하고 있다. 나는 진짜로, 엄마를 사랑하지 않는 것일까.

나의 부, 나의 모는 어떻게 해서 나를 낳았는지 모를 정도로 주야장천 싸워댔다. 몸짓들은 레슬링과 씨

름을 하는 듯 했다. 사용하는 단어들은 쌍시옷이 많았고, 어두컴컴한 곳에서 일하는 사람들의 입모양과 닮아 있었다. 싸움의 도구들로는 냄비, 베개, 재떨이, 쟁반 등 다양했지만 단연 으뜸은 도끼였다. 기억 속에 남아있는 촉감으로는 물벼락을 소개할 수 있겠다.

그리고 엄마는 그렇게도 25년의 시간을 지켜낸 후 아빠와 이혼을 했다. 아니, 이혼을 당한건지도 모르겠다. 이제 엄마에게 있어 '사랑'이란 단어는 철저히 장녀인 나와 나의 어린 여동생 둘의 몫이 되었다(뒤늦게 아들 욕심이 났던 부모님의 결정 덕분에 나에겐 15살, 17살 차이가 나는 여동생이 둘 있다).

부모님의 이혼 사유가 참으로 궁금했었다. 나의 가장 큰 트라우마가 된 가족 구성원을 온 몸과 온 마음에 새기기까지 어떤 세밀한 일들이 있었던 걸까.

그런데 정말 거짓말같이 어느 순간, 부모님께 물어보고 싶었던 이야기들이 시시하게 느껴졌다. 알면 뭐하겠어, 이유가 어디 한두 가지뿐일까, 복잡한 심정은 매한가지일 텐데 굳이 나까지 보탤 필요 없지 뭐. 다정해 보이는 가족들의 뒷모습을 보게 되면 5초 안에 눈물이 맺히는 나이지만, 이것도 받아들이게 되었다.

상처 없는 사람이 어디 있을까. 상황과 종류가 다를 뿐. 깊이를 가늠하지 않는 건, 상처는 매우 주관적인 기

준을 요하는 성질이기에 타인의 눈물을 과소평가하거
나 나의 눈물을 과대평가할 필요가 없기 때문이다.

이 즈음에서 나는, 내 엄마를 내가 사랑하는가 사랑
하지 않는가에 대한 물음을 거두어들이려 한다. 사랑
함에도 사랑한다 말하지 못하는 거라면 '내성적인 성
격'을 답으로 주고, 사랑하지 않아서 사랑한다 말하지
못하는 거라면 '나에게 상처를 준 것에 대한 소심한 복
수'를 답으로 주려 한다.
그게 뭐 그리 중요할까.

나는 그냥 엄마 딸이고,
엄마는 그냥 나의 엄마인 거다.
지금 나의 글쓰기가
그냥 나와 함께해 주고 있듯.

마흔, 브라보!

46

어느 누구에게나 평등하게 주어지는 시간 속에서,

어느 누구나 다 하지는 않는,

과거와 현재에게 슬며시 미소 정도로 고마움을 표현할 나이.

'마흔'이라는 나이는 어느 누구든 멈칫하게 만드는 힘을 가지고 있는 것 같다. 내가 살아왔던 날들, 내가 살아가고 있는 날들, 내가 살아갈 날들을 다양한 시선으로 섞어 그 무엇 하나를 뽑아내야만 직성이 풀리는 끈질김까지 장착하고 말이다.

서른아홉 살의 7월을 살고 있는 나 역시 반년이 지나면 '마흔'이라는 숫자와 마주하게 된다. 먼 옛날에는 두렵고 싫기만 했던 숫자였는데 지금은, 아니면 오늘만큼은 감정의 요동이 없다. 다만, 나는 잘 살아 왔는가, 나는 잘 살고 있는가, 당신들 역시 그러한가, 라는 철학적이고 우아해 보이는 질문 몇 가지를 떠올리게 되었다.

한때, 과거와 현재를 훨씬 뛰어넘는 인기로 미래를

향한 꿈과 비전이 심하게 유행을 탔던 적이 있다. 지금도 역시 긍정, 희망과 함께 '내일을 바라보자'라는 슬로건과 책 내용은 우리의 말초신경을 자극하거나 정신세계를 잠시 몽롱하게 만들어 준다. 내가 만들어 왔던 지난날의 시간은 태초부터 없었다는 듯, 미래! 미래! 미래!를 심하게 외치고 있음을 부인할 수 없을 것이다(하상욱 시인의 말이 생각난다. "내가 JK 타이거도 아닌데 미래만 생각해야 하나?" – JK 타이거와 윤미래는 연예인 부부이다).

제대로 된 30대 후반 이 즈음에서 내가 마흔을 생각하게 된 건 당연한 결과이기도 하지만, 성찰마저 안 하면 쥐뿔도 없는 나 자신에게 미안한 마음이 든다. 나를 데리고 열심히 잘 살아준 수많은 시간들이 너무나 섭섭해 할 것 같다.

어느 누구에게나 평등하게 주어지는 시간 속에서 나만의 '마흔'을 잘 준비할 수 있도록, 어느 누구나 다 하지는 않는, 과거와 현재에게 슬며시 미소 정도로 고마움을 표현해 주는 게 예의이지 싶다.

나의 마흔을 어설프게 준비하고 있는 나와,

나의 마흔을 심하게 응원해 줄 대한민국 엄마들과 함께 말이다.

왜냐하면 내가 뽑아낸 끈질김 하나는 '엄마'라는 정체성이기 때문이다.

　그리고 그나마 지금의 나를 있게 해 준 독서와 글쓰기를 통해 축하하려 한다.

　엄마인 나의 마흔을 위해!

　엄마인 우리의 마흔을 위해!

막내

47

지금 이 글은,

우리 막내가 아빠가 되면 직접 읽어줄 생각이다.

생각지도 않게 내 몸을 안식처로 삼은 막내아들의 존재를 알게 된 날, 내 정신이 아니었다. 앞으로 먹고 살 일만 생각해도 팍팍했던 현실에 인생의 페달을 더 밟으라고 가혹한 채찍질을 맞는 듯한 뭐 그런 거. 출산 예정일이 9월 25일이었고 나는 9월 초까지 일을 했다. '생필품 해결을 위한 직장생활'은 워킹맘인 나에게 확실한 동기부여가 되어 주었다.

　막내는 자신의 탄생 과정을 좀 더 특별하게 만들고 싶었던지 두 형들과 다르게 제왕절개 수술로 태어났다. 그것도 이래저래 상황이 맞지 않아 보호자 없이 수술 동의서에 내가 사인을 하고 수술대에 오르기까지의 과정을 혼자 체험케 하는 웃지 못 할 옵션과 함께.

　두 번의 자연분만을 경험하며 나는 제왕절개를 더 선호하게 되었다. 회복하기까지 돈도 시간도 훨씬 더 많이 들었지만, 병원에서 더 쉴 수 있어서 좋았고 나를 환자 취급하며 측은히 여겨주는 가족들의 시선이 좋았다.

나는 나의 사회적 위치도 중요했고 우리 가정이 먹고 사는 일도 중요했다. 교회에서 일하며 학생의 신분을 가지고 있던 남편의 그 당시 월급은 80만 원이었던 걸로 기억한다. 가족의 수는 5명, 도움 받을 수 있는 존재는 0명. 굳이 나누기를 안 해 봐도 그냥 딱! 말도 안 되는 생활비.

남편은 말리고 말렸지만 나는 산후조리원에서 젖이 잘 돌게 하는 마사지가 아닌, 단유 마사지를 받았다. 그리고 막내는 생후 3개월이 안 되어 어린이집에서 하루 평균 9시간을 지내게 되었다.

편식을 해서 밥 먹을 때 제일 많은 잔소리를 듣고 있는, 곤충과 동물 흉내를 기가 막히게 잘 내는, 학교 가기 싫다며 다시 아기가 되고 싶어 하는 우리 막내는 초등학교 2학년이 되었다. 그리고 오목을 두다가 자기가 질 것 같으면 바둑알을 동시에 2개를 놓아 버리거나 한 번만 봐 달라고 생떼를 쓰는 고집쟁이 모습을 보이기도 한다.

봐 주는 것도 한두 번이지, 자꾸 자기만 이기려고 하는 막내를 흘겨보며 속으로 한 번씩 생각하게 된다.

'엄마가 그때 단유 한 거, 태어난 지 3개월도 안돼서 어린이집 보낸 거, 갚지 않을 거야!'

(지금 이 글은, 우리 막내가 아빠가 되면 직접 읽어줄 생각이다.)

그것도 아주 여러 번

48

그동안 좀 더 좋은 엄마가 되고 싶어 했던 마음,

미안했던 마음을 만회하고자 하는 의지를 합산하여.

이 원고를 절반 이상 채울 때까지 장남 이야기를 쓰지 않았음을 문득 깨닫게 되었다(아, 미안하여라). '애어른', '김 검사'라는 별명이 착! 들어맞는 장남은 14년을 사는 동안 자신이 갖고 싶은 물건을 사 달라고 조르거나, 엄마가 안 된다고 대답한 것에 대해 징징대본 적이 없다.

초등학교 1학년 때부터 메고 다닌 포켓 몬스터 가방이 너무 철 지난 것 같아서 새 것을 사준다 하니 아직 쓸 만하다 이야기하는 합리적인 아이. 자신이 좋아하는 책을 읽고 있는 시간에는 과연 숨을 쉬고 있는 것인가 여러 번 쳐다보게 될 정도로 조용한 아이. 완성하지 못한 숙제를 하기 위해 다음 날 새벽 6시에 깨워 달라 말하고, 몸을 한 번 흔들어주면 묵직하게 일어나 자신이 해야 하는 일을 하는 성실한 아이. "팔에 반찬

묻겠다"라고 하면 "팔이 아니라 옷이겠지"라고 아주 정확하게 말하는 걸 좋아하는, 융통성과 친하지 않는 아이. 어렸을 적에 1년 8개월 동안 할머니가 키워주셔서 엄마와 애착 관계가 형성되지 않아 그런가 보다, 죄책감이 들게 했던 아이.

그런데 더 키워보고 더 지켜보니, 남편 기질을 그대로 찍어 놓은 듯하다. 타고난 게 그렇다니, 얼마나 감사하던지. 얼마 전에 학교에서 받아온 성격 검사 결과지를 읽으며 키득키득 웃었다. 그냥, 딱! 남편이었다 (나의 죄책감을 덜어 주었다는 게 가장 큰 기쁨이었음을 고백한다).

그동안 좀 더 좋은 엄마가 되고 싶은 마음으로 읽었던 자녀 교육 책들의 내용과 장남에게 미안했던 마음을 만회하고자 하는 의지를 합산하여, 나는 장남의 강박 같은 행동에도 미소를 보여준다. 반찬을 먹고 나면 매번 내려놓는 젓가락 두 짝의 끝을 또 매번 맞추어 놓는 행동을 보며, 나는 장난기 가득한 얼굴로 젓가락을 흩뜨려 버린다. 그럼 또 장남은 씨익 웃으며 다시 젓가락 두 짝의 끝을 가지런히 맞춘다. 남들에게도 젓가락 끝을 맞춰야 한다며 소리를 빽빽 지른다면야 고쳐주어야 하는 행동이지만, 자기 혼자 마음 편하자고 그러는 건데 싫어서 그냥 둔다.

　나를 귀찮게 한 적이 없는 장남의 존재성은 두 명의 동생들 때문에 조금 희미해져 있는 것일까. 아니면 장남은 다혈질 엄마의 특성에 대해 분석을 마치고 나름 살아남기 위해 아무도 눈치 채지 못하도록 고군분투하고 있는 것일까. 이도 저도 아니면 나 스스로가 눈빛으로 몸짓으로 '너마저 엄마 힘들게 하지 말아라.' 어두운 기운을 발산하고 있는 것일까.
　그래서 노력해 보았다. 더 안아주고, 엉덩이 두드려주고, 동생들과 투닥거리면 장남 편을 들어주고, '큰애기'라는 새로운 별칭을 불러주며.

　그러던 어느 날, "잘 자"라고 말하며 자신을 껴안아주었던 엄마가 팔을 풀려고 하니, 최선을 다해 엄마의 몸을 저지했다. 그것도 아주 여러 번.
　'그것도 아주 여러 번'이란 글자에 마음이 콕콕 박힌다. 그것도 아주 여러 번.

불안, 불확실, 그리고 행복

49

불확실성에 포함되어 있는 불안과 행복을 원동력 삼아,

지금 이 순간에 집중하는 삶을 살아가고 싶다.

폴 오스터. 네이버 지식백과에는 이 분을 '마법과도 같은 문학적 기교와 심오한 지성으로 현존하는 최고의 미국 작가로 손꼽힌다'고 소개하고 있다. 큰 눈과 큰 코, 눈썹이 올라가 있어서 무섭게 보이는 할아버지다. 책을 어마무지하게 쓰셨고 극찬, 독창성, 대담함, 영혼의 고뇌, 이런 단어들로 소개를 하고 있는 걸 보니 대단하신 분임이 확실한 것 같다.

《불멸의 작가들》 책에서 폴 오스터는 글쓰기에 대한 자신의 생각을 이렇게 표현하고 있다.

글을 쓰는 것은 즐겁지 않다. 괴롭고 고단하며 매 순간 자신의 재능을 의심하며 좌절감을 느낀다. 그러므로 만족이나 승리의 기쁨을 맛볼 수가 없다. 문제는 글을 쓰지 않을 때가 훨씬 힘들다는 것이다. 글을 쓰지 않으면 자신이 낙오자로 느껴질 뿐만 아니라 인생에 대한 의미를 상실하기 때문이다.

결혼하고 15년 동안 일을 하다가 이제 주부 코스프레를 하고 지낸 지 1년 7개월이 되었다. 독서는 어렸을 때부터 워낙 좋아했었고 글쓰기 역시 본능 같은데 입선, 장려상이 대부분인 글쓰기 상들이 수십 장 된다.

13권의 책을 쓰기까지는 미친 듯이 막 썼다. 그렇다고 어떤 목표를 두고 열정을 불태운 건 아니었다. 생각보다 손이 먼저 나가고 있어서 그냥 쓴 것뿐인데, 다작을 하는 작가가 되어 있었다. 13건의 출간 계약을 하고 나니, 못 듣던 소리들도 하나 둘 들었다.

계약을 많이 한 것이 마음에 걸린다는 출판사. 출판사는 작가에 대해 단독성을 갖기 원한다며 또 다른 산파가 되기 싫단다. 나는 출간 계약의 유무를 떠나 이렇게 자신의 생각을 답장으로 보내주시는 몇 안 되는 분들에게 진심으로 감사드린다. 그리고 감정이 앞서지 않으면 나도 나의 생각을 어필한다. 부모가 능력이 되어 다산을 하면 산파는 기쁜 마음으로 받아주는 것이라고, 출판사와 작가의 존재 이유는 세상에 유익을 주기 위함도 있는 것인데 그러기 위해서는 단독성보다 보편성과 대중성을 앞세워야 되지 않겠느냐고.

어떤 출판사는 책 판매량을 미리 염려하며 마케팅

에 대한 책임감과 결과를 작가인 나에게 슬쩍 넘기려고 한다. 그럼 나는 솔직하게 말씀드린다. 스펙 없고 인맥 없어서 책 잘 팔 자신이 없다고.

출판사는 사업을 하는 곳이기 때문에 이익의 유무를 생각할 수밖에 없음을 인정한다. 그리고 작가가 출판사의 성공을 오롯이 책임질 수 없음도 인정하면서, 글의 본질만 충실히 따져서 계약을 해 주시는 순수결정체의 출판사를 기다리고 있는 내 마음도 인정한다.

'아줌마가 대통령이 되어야 하는 12가지 이유'라는 제목으로 대통령 눈에 띌 수 있는 자극적인 소재로 글을 써 보라는 출판사도 있었다. 나는 대통령이 되고 싶은 마음이 전혀 없다. 우리나라의 변화와 성장을 위해 사회, 경제, 문화적으로 무엇을 바꾸어야 하는지 고민해 본 적이 없다. 그래서 이런 글은 쓸 수 없다(지금은 여기 출판사에 원고 투고를 안 하고 있다).

출판사마다 작가마다 생각이 다 다르듯, '올바른 육아방법'이라는 것도 엄마의 입장에 따라 다 다르지 않겠나 싶다. 과잉보호든 방임이든, 아이를 잘 키우고 있든 매일 죄책감으로 지내고 있든, 힘든 건 다 똑같다. 그리고 사회가 정해준, 타인이 정해준 기준을 토대로 기뻐하기도 하고 절망하기도 한다. 열심히 살아가고 있는데도 말이다. 우리 모두는 나름 열심히 아이를 키우고 있다. 나름 고민하며 키우고 있다. 나름 울고 웃으며 키우고 있다.

다만, 세상에서 너 혼자만 성공하면 돼, 엄마에게 소용이 있는 아이로 커야 해, 눈에 보이는 성공을 위해 성장하라구, 라는 마음으로 아이를 키우는 엄마를 훌륭하다고 할 수 없다. 작가가 자신의 유익만을 위해 글을 쓰거나, 출판사가 회사의 유익만을 위해 책을 출판하면 안 되는 이유와 같다.

이 세상에 내 마음에 딱 맞아서, 너무 즐거워서 하게 되는 일이 과연 얼마나 있을까. 그냥 모든 것을 내 인생의 일부분으로 받아들이고 하루하루 살아가고 있는 것이다. 그래서 불안과 행복이 공존한다. 그래서 인생은 불확실하다.

나는 내일, 우리 아이들을 어떻게 키우게 될지 모르겠다. 나는 내일, 어떤 글을 쓰게 될지 모르겠다. 내 인생이니까 살아내는 것이다. 과거를 향한 대책 없는 걱정과 미래를 향한 근거 없는 희망을 말하기보다 불확실성에 포함되어 있는 불안과 행복을 원동력 삼아, 지금 이 순간에 집중하는 삶을 살아가고 싶다.

우리 모두는 불안하니까.

우리 모두는 불확실하니까.

우리 모두는 행복하니까.

평범하기도 하고 비범하기도 한 모성

50

사람을 사랑할 수 있는 선천성과

사람을 사랑하기로 선택한 후천성은

우리의 운명 같은 잣대 아니겠는가.

'나에게도 모성이란 게 있는 걸까.'

오랜 세월동안 나 스스로에게 참 많이도 물어보며 참 많이도 울게 한 말이다.

아들 셋.

누군가는 '범접할 수 없는 신의 영역'이라 하고 누군가는 혀를 끌끌 차며 '거꾸로 목메달'이라는 칭호를 하사하는 내 새끼의 구성.

불나방. 나의 기질이다. 목표하는 바가 있으면 주변 사람들과 상황, 심지어 가족들까지도 눈에 들어오지 않았다. 그리고 이루고자 하는 꿈 없이 느긋하게 살고 있는 듯한 사람들을 보면 화가 났다(상대방에게 꿈이 없어 보이는 것, 느긋하게 보이는 것 이 모두가 지극히 주관적인 시선이지만 말이다).

교회 사역자인 남편, 3살 2살 터울의 아들들, 도움 받을 곳보다 도움을 주어야 하는 곳이 월등히 많은 형편들은 급한 성격의 다혈질인 나에게 미친 듯이 일하며 미친 듯이 앞으로 나아가라 더욱더 소리쳤다. 어쩌면, 편해 보이는 사람들을 마음껏 비방하며 숨이 머질 듯이 바쁘게 살고 있었던 나 자신을 위로하고자 했는지도 모르겠다.

16년 정도를 미친년처럼 날뛰며 살다가, 마흔의 나이를 생각하게 되는 요즈음은 좀 더 속도가 늦추어진 꿈, 좀 더 속도가 늦추어진 목표, 좀 더 속도가 늦추어진 열정을 다듬어 가고 있는 중이다. 독서, 글쓰기와 함께.

10년 넘게 또 미친년처럼 날뛰며 찾게 된 작가라는 업에 대한 의미는 이러하다.

나를 위해, 독자인 여러분을 위해, 그리고 가족을 위해(독자와 가족을 우선순위에 두고 앞으로 배치할까도 생각했지만, 아무래도 거짓말 같다. 나는 내가 제일 소중한 이기적인 인간이라서).

책을 읽으며, 글을 쓰며 알게 되었다.
이것이 거부할 수 없는 나의 천직이구나,
이것이 거부할 수 없는 내 영혼의 사명이구나,

이것이 거부할 수 없는 엄마의 삶을 조금 더 잘 살아갈 수 있는 방법이구나, 라는 것을.

좀 더 읽고 좀 더 쓰다가, 참 많이도 물어보았던 참 많이도 울어 보았던 '모성'이라는 단어를 나에게도 대입시킬 수 있을 때 즈음, 내 영혼도 살고 독자도 살려 주는 작가가 되고 내 새끼들에게도 간지 나는 엄마가 될 수 있을 것 같다.

'모성'은 학습으로 깨닫게 되는 후천적 성질이라는 어느 학자의 말에 위안을 조금 삼아 보기도 한다. 어찌 되었든 나는, '모성'이 중요한 사람이다. 왜냐하면 그 근본은 사랑에 뿌리를 박고 있기 때문이다. 사람을 사랑할 수 있는 선천성과 사람을 사랑하기로 선택한 후천성은 우리의 운명 같은 잣대 아니겠는가. 그 잣대를 가지고 내 인생의 길을 잘 걸어가 보려면 평생 벗어날 수 없는 엄마라는 직책을 잘 감당해야 하는 것이고.

참으로 평범하나 참으로 비범한 모성.

이것을 내 삶과 잘 버무릴 줄 알아야 작가든 사명이든 열정이든 나의 선택은 옳은 선택이 될 것이다.

밑져야 본전인 글쓰기

51

글은 쓴 시간만큼, 노력을 들인 만큼,

내 생각의 변화와 성장을 약속해주는

확실한 성질을 가지고 있다.

어렸을 적부터 편지와 일기 쓰기를 좋아했다. 그 동기는 예쁘지 않았지만.

기분에 따라 답이 달라지는 엄마의 변화무쌍한 모습을 보며 나는 불안하고 예민한 성격을 가지게 되었다. 게다가 '내 마음은 그게 아닌데', '나는 그런 뜻으로 말한 게 아닌데'라는 억울함까지 더해졌다. 그래서 옛날에 엄마에게 썼던 편지들을 한 번씩 꺼내어 읽어보면 그때의 내가 참 불쌍하게 여겨졌다(엄마는 내가 써서 드렸던 빛바랜 편지들을 차곡차곡 모아 두었다가 몇 년 전에 나에게 되돌려 주었다). 엄마는 '나의 구세주', '나만의 왕비님'이라 불리고 있었고 '왜냐하면'으로 시작하는 변호 글은 구구절절했다.

한때는 억울함을 이유로 글을 썼던 내가, 글을 쓰면 쓸수록 날 것 그대로 드러나게 되는 내가 너무 싫어서 글쓰기를 중단한 적이 있다. 그런데 만날 사람은 만나게 되어 있는 것처럼, 해야 할 사명 같은 일은 어떻게든 하게 되어 있나 보다. 정확하고 진실된 나 자신을 찾기 위해 동원하게 된 방법은 결국 글쓰기였다. 글을 쓰며 놀라운 체험을 하게 된 일이 세 가지 있다.

첫 번째는 하나님께 들었던 대답이다. 둘째 아들이 한창 아웃사이더로 지내고 있을 때, 선생님과 기 싸움을 하며 반항을 하다 아무 말 없이 교실을 나갔던 적이 있다. 선생님은 다른 아이들을 보살피며 수업 진도를 나가야 하는데 대략 난감한 상황. 결국 나에게 전화를 하셨고 나는 쓰고 있던 글을 중단하고 아들을 찾으러 학교로 갔다. 학교 건물을 배회하고 있던 아들과 마주쳤는데… 야단을 치면 뭐하겠어, 잘못 키운 내 죄지, 아들 마음은 또 얼마나 복잡하겠어, 라는 동시다발적인 생각에 그냥 씨익 웃었다.

집으로 돌아오는 길에 한숨을 쉬며 하나님께 하소연을 했다. '하나님, 제가 지금 글이나 쓰고 있을 때가 아닌 것 같아요.' 평소와 달리 이 날은 하나님께서 바로 답을 해 주셨다.

'그럼 너는 힘들다고 밥도 안 먹고 잠도 안 자니? 글이 삶의 일부분이라며?'

그 뒤로는 희노애락 감정을 기준 삼지 않고 그냥 묵묵히 글을 쓰고 있다.

두 번째는 글을 씀과 동시에 깨닫게 되는 그 무엇들이 있다. 아이들을 어떻게 키워야 할지 모르겠다는 글을 쓰고 난 뒤 바로 뒷내용은 이러했다.

'아, 내가 우리 아이들을 사람으로 바라보지 못하고 있었구나. 나의 부족함을 채워야 하는 소유물로 보고 있었구나. 이건 생각지도 못한 부분이었다. 글을 쓰고 있는데 갑자기, 정말 갑자기 떠올랐다. 이것이 글의 힘이구나.'

좋은 엄마가 되고 싶어 아이들을 믿어주어야겠다는 생각을 글로 쓰려고 했는데, 쓰고 보니 아이들을 믿어주기 전에 먼저 이루어져야 하는 믿음은 '엄마인 나 자신에 대한 믿음'이었다. 혹, 아이들이 잘못된 길로 가게 되더라도 그동안 아이들을 가슴 저림으로 기도하며 노력하고 있던 엄마라면 언젠가는 아이들이 제자리로 돌아올 것이라는 믿음. 이 세상을 대변하는 절대적 가치는 '진심'이기에 아이들을 도와주고자 하는 진심, 아이들을 사랑하고자 몸부림치는 진심으로 엄마인 나 자신과 아이들을 기다려줄 수 있는 믿음. 그것이 나에게 먼저 필요함을 알게 되었던 것이다.

세 번째는 육아 에세이 종류의 글을 쓰고 있으면 나는 그 어느 때보다 착한 엄마로 변신하게 된다. 자녀 교육 책을 읽으며, 나를 되돌아보며, 아이들을 제3자의 눈으로 바라보고자 노력하며 글을 쓸 때면 아이들의 투덕거리는 소리도 엄마에게 고자질하는 소리도 다 정겹게 들리는 신기한 경험을 할 수 있었다. 원래 나는, 무언가에 집중하고 있는데 누군가 끼어들어 나에게 말을 시키거나 나를 부르면 짜증이 나는 사람이다. 그런데 글을 쓰다가도 아이들이 나를 필요로 하는 순간이 오면, 부드러운 미소와 목소리가 저절로 나오는 게 아닌가! 사실 나도 나에게 놀랐다. 그리고 원인을 분석해 보니 '글쓰기'였다.

세상에는 글쓰기의 유익에 대해 써 놓은 책들이 많다. 자신의 경험담, 과학적인 근거, 간접적인 사례 등을 통해 여러 가지 이야기를 소개해 놓았다. 아마 이런 글을 쓰신 작가님들 역시, 나와는 상황과 깨달음이 다르시겠지만 글이 주는 힘과 변화를 몸소 실천하신 분들일 것이다.

글은 쓴 시간만큼, 노력을 들인 만큼 내 생각의 변화와 성장을 약속해주는 확실한 성질을 가지고 있다. 밑져야 본전인 글쓰기. 나는 아마, 평생 하지 싶다.

침묵을 등에 업고 있는 글의 안색을 살피다

내 침묵, 내 평안함, 내 글쓰기가

당신을 위한 것인지가

중요한 사항이다.

현대 작가들은 언어의 심연에서 들려오는 신음 소리를 듣지 못하고 언어를 하나의 순수한 도구로 사용할 수 있다고 믿는다.

-불과 글. 조르조 아감벤. 책세상-

1년 전에는 거의 듣지 못했던 소리를 지금은 실컷 들으며 살고 있다. 시계초침소리. 가만 생각해 보니, 1년 전이 아니라 내가 살아온 39년의 시간을 통틀어 지금처럼 시계초침소리를 많이 듣고 지금처럼 시계초침소리가 편안하게 들렸던 적은 없었지 싶다.

'아무것도 하지 않음'도 능력이 필요하고 노력이 필요한 일이라 했던가. 나에겐 그랬다.

결혼생활 17년 중에 15년 동안 일을 했고 6개월을 쉬었는데 그마저도 글을 쓰고 투고하며 지냈다. 그 당시만 해도 글쓰기는 해야만 하는 일의 영역이었다.

오롯이 글만 쓰면서 전업 주부로 살아간 지난 1년은 즐거운 글쓰기의 맛을 알아가는 시간이었다. 하지만, 즐거움과 평안함은 미소를 지을 수 있는 범주 안에는 함께 넣을 수 있으나, 동일시하기에는 무리수가 따르는 성질의 것들이다.

즐거움은 외부적인 요소들의 도움을 많이 받아야 하는 감정 상태이다. 무엇을 보든가, 누구와 대화를 하든가, 무엇을 먹든가, 무엇을 사든가, 어디를 가야 가질 수 있다(글쓰기의 즐거움 또한 글을 쓰는 행위를 통해 얻을 수 있는 감정이듯).

반면, 평안함은 혼자 놀기의 진수를 보여주는 감정 상태이다. 반복되는 시계초침소리를 들으면서도 아무것도 하고 있지 않는 나 자신을, 아무렇지 않게 여길 수 있게 한다. 평안함은 좀 더 복잡하긴 하다. 처음부터, 웬만한 상황 속에서도 평안함을 안착시킬 수 있는 이들도 있겠으나, 온갖 잡다한 자기 자신을 겪고 난 사람들이 얻게 되는 평안함이란, 풀무불에서 연단된 금과도 같다.

아직도 난, 볶음밥 재료를 불에 올려놓고는 사인하지 않은 아이들의 알림장을 생각하며 또 문득 떠오른 쌓인 빨랫감을 세탁기에 넣기 위해 화장실로 들어간다.

두세 가지 일을 동시에 하는 것이 습관화되어 있고 직업적인 후유증으로 남아 있다. 멀티태스킹이라 불리는 나의 행위를 누군가는 능력이라 인정해 주었지만 글을 쓰기 위해 준비하는 시간, 글을 쓰고 있는 시간에는 마이너스가 된다.

글을 쓸 때만큼은 멀티태스킹을 버리기 위해 예전에는 무조건, 많이 썼다. 아무 생각 없이 막 썼다. 글쓰기는 침묵을 이겨내는 과정을 필히 통과해야 하기 때문이기도 했다.

침묵에 익숙해지니 비로소 나의 신음 소리가 마음에서 들리기 시작했다. 그리고 내 마음의 신음 소리와 평안함 사이의 아이러니함을 시계초침소리에 맡기게 되었을 때, 털갈이를 맞이하는 듯 했다. 그래서 나는 작가로서 무작정 글을 쓰는 사람도, 아무것도 안 하고 있는 듯한 사람도 대단하다 여겨진다. 글이란 게 시간 있다고 많이 써지고, 많이 쓰면 좋은 글이 반드시 탄생한다는 100퍼센트 진리를 자랑하지 못하니 이러나저러나 때에 맞는 글쓰기를 하고 있는 건 고개를 끄덕일 만한 멋진 일이 아니겠는가.

이제 조금 더 천천히, 내 침묵을 살피려 한다.
이제 조금 더 천천히, 내 침묵을 등에 업고 있는 글

의 안색을 살피려 한다.

내 침묵, 내 평안함, 내 글쓰기가 당신을 위한 것이 맞는지 알아야 하기 때문이다.

사죄할 타임이었다
나의 과거들에게

53

나의 행복을 위해.

우리의 행복을 위해.

불멸의 엄마들을 위해.

불멸의 삶을 향해.

지금까지 글을 쓰면서 정신이 혼미해졌던 시기가 한 번 있었다. 사실 이 원고를 쓰기 몇 달 전 '마흔'이란 단어로 나에게, 우리에게, 그동안 잘 살았다고, 앞으로도 잘 살아보자고, 선물 같은 글을 쓰고 싶어 설렌 마음으로 잡았던 컨셉이 있었다.

자연과 물건을 의인화해서 나의 10대, 20대, 30대를 추억하고 다가올 40대를 희망하는 내용으로 동화를 써보고자 했다. 그런데 웬걸, 마음이 무너져 내렸다.

갑자기 눈에 띈 흰 머리카락 한 올, 더 자주 저려오는 오른팔, 생리를 할 때면 몸이 땅으로 꺼져버리는 것 같은 느낌이 이유가 아니었다. 그동안 잘 살아온 나와 우리에게, 앞으로도 잘 살아갈 나와 우리에게 행복을 이야기하자니 과거를 떠올리지 않을 수가 없었는데 이게 문제였다.

가족에 대한 상처 때문에 평생 안 보려고 박스에 넣어 테이프로 봉해 놓고 있었던, 어릴 적 사진들이 빼곡히 수집되어 있는 앨범을 꺼내야만 했다. 앨범을 꺼내기까지 며칠이 걸렸다. 누런 먼지들이 쌓여져 있는 앨범 표지들을 물티슈로 닦는데 울컥했다. 사진을 보기도 전에 이런데, 글을 쓸 수 있을까 겁이 났다. 행복을 이야기하고 싶었는데, 상처를 떠벌리게 되었으니 일이 커져 버린 것이다.

자신의 아픔을 직면하는 또 다른 아픔을 선택하지 않으면, 나의 아픔은 전이되어 우리들과 그들의 아픔으로 존재하게 된다. 그래서 나는 끝을 알 수가 없어 두렵기도 하고 설레기도 한 나의 하루를 오늘도 조심스레 최선을 다해 건너본다.

나의 다른 책에 실려 있는 글이다. 아, 나의 과거들에게 미안해졌다. 그 시간들이 지금의 나를 만들어 주었는데 아팠던 기억들만 잔뜩 마음에 얹어 놓고 현재와 미래에만 편들어 주고 있었던 거다.

사죄할 타임이었다. 나의 과거들에게. 글과 함께.
너의 또 다른 정체성은 우리의 행복을 짊어지고 있

던 미래였다 말해줄 타임이었다. 나의 과거들에게. 글과 함께.

돌멩이 하나, 장미 한 송이, 샤프 한 자루, 고양이 울음소리, 커피 잔에서 녹아가는 얼음, 아빠의 뒷모습, 엄마의 뇌, 아들들이 즐겨 먹는 마이쭈, 그 모든 것이 나였다. 고개 돌리며 절대로 쳐다보지 않겠다 다짐했던 그 하찮음이 나의 것이었다. 그리고, 우리의 것이었다.

글이란 이런 성격을 가지고 있나 보다. 죽도록 싫어했던 사람, 물건, 추억들에게 조금이나마 마음을 주며 조금이나마 이해해보려 노력하는. 어른의 대열에 당당히 합류할 수 있기 위해서는 눈 흘겼던 과거들을 글에 태워 함께 데리고 가야겠다.

나의 행복을 위해,
우리의 행복을 위해.
불멸의 엄마들을 위해,
불멸의 삶을 향해.

잘 살아야 잘 쓴다

54

내 삶을 더 깊게, 더 넓게, 더 오랫동안 지켜보며.

잘 살아야 잘 쓴다. 그래서 글쓰기가 힘든 것이다.

정우성 얼굴을 닮은, 잘생기고 멋진 말이다. 격하게
공감한다. 작가로서 본격적으로 글을 쓰면서부터 내
삶에 무게를 더하게 되었으니 말이다. '작가'라는 간지
나는 타이틀에, 내가 쓴 글대로 살지 않는다는 것은 양
심을 쿡쿡 찌르다 못해 여기저기 난도질하는 행위이다.

글과 삶이 일치되지 않음을, 글이 거짓됨을 제일 먼
저 알아보는 존재는 독자이다. 피 같은 돈을 주고 내
책을 사 주시는 독자를 능멸하는 짓을 해서는 안 된다.

지난 시간 동안 어떻게 살았든지, 나는 지금 이 순
간을 출발선으로 현재와 앞으로의 삶에 집중하려 한다.
내 삶을 더 깊게, 더 넓게, 더 오랫동안 지켜보려 한다.

엄마로서는 또 어떤가. '엄마'라는 힘든 타이틀에, 내가 가르치는 대로 살지 않으면 내 새끼들이 제일 먼저 안다. 내 새끼들도 사람인데 사람을 능멸하는 짓을 해서는 안 되는 것이다. 내 삶을 더 깊게, 더 넓게, 더 오랫동안 지켜보며 죽을 때까지 엄마로서 잘 살아내야 한다.

　작가라는 사람이,
　엄마라는 사람이,
　그렇다.

마치는 글

'글쎄'의 힘

매주 일요일만 되면 아이들이 챙겨보는 TV 프로그램이 있다. <슈퍼맨이 돌아왔다>. 연예인 아빠와 어린 자녀들의 일상을 자연스레 보여주는 내용이 주를 이루고 있는데, 아이들의 순수함과 꾸미지 않은 내용 구성이 흥미로워 나도 가끔 저녁 설거지를 미루고 본다.

샘 해밍턴의 두 아들 윌리엄과 벤틀리는 얼굴도 귀엽고, 서로를 챙겨주는 형제애도 아름답다. 돌발상황이나 자신들이 실수하는 부분에서 말하고 행동하는 것이 그냥 딱, 아이들다워서 보는 나 역시 행복해진다.

오늘은 윌리엄 생일을 맞아 아빠인 샘 해밍턴이 '토이스토리 4' 영화를 아들과 함께 영화관에서 관람했다. 그리고 윌리엄의 아빠는 윌리엄 몰래, 영화에 나오는 캐릭터 중 하나인 우디 캐릭터로 변신해서 윌리엄과 영화관에 온 아이들에게 사인 이벤트를 마련해주었다.

윌리엄은 우디(아빠)에게 자신의 등에 사인을 해 달라고 했다. 그리고 사인을 받은 윌리엄은 행복한 표정으로 옆에 있는 아이들의 요청에 따라 사인을 보여준다.

"너 오늘 생일이야?" 영화관에서 처음 만난, 윌리엄의 사인을 본 아이들이 윌리엄에게 물었다. 윌리엄은 대답했다.

"어. 어? 근데 어떻게 알았어?" 윌리엄 등에 적혀져 있는, 우디(아빠)가 사인해 준 내용은 이러했다.

'윌리엄, 생일 축하해. 아빠가.'

뚱뚱한 배, 털이 덥수룩하게 나 있는 팔. 그제서야 윌리엄은 우디가 아빠임을 알아챘다.

"가짜야, 가짜!" 옆에 있던 아이들은 우디와 많이 다른 우디 캐릭터를 보며 외쳐댔다.

"아니야!" 윌리엄은 우디가 아빠인 것을 알면서도 우디를 보호했다.

"근데 왜 배가 불룩해?" 아이들의 연이은 반격에 윌리엄은,

"금방 밥 먹어서 그래"라고 재치를 발휘한다.

"목소리는 왜 그래?" 아이들은 궁금증을 또 발사했다.

"감기 걸렸어." 윌리엄은 끝까지 우디 아빠를 감싸주었다. 우디 캐릭터를 벗고 제자리로 돌아온 아빠에게 윌리엄은 말했다.

"아빠, 오늘 우디가 최고였어요. 그리고 아빠, 고마워요."

윌리엄의 아빠는 모르는 척 윌리엄에게 물어 보았다.

"근데 왜 아빠한테 고마워?" 윌리엄의 대답에 난, 울컥해졌다.

"음… 글쎄."

윌리엄은 처음부터 끝까지 거짓말을 했고 시치미를 뗐다. 전후사정 다 생략하고 윌리엄이 아이라는 것만 사실로 내세워 본다면 윌리엄은 나쁜 아이가 된다. 전후사정 다 생략하고 우리네 삶이 고단하다고만 내세워 본다면 우리네 삶은 나쁜 삶이 되듯.

윌리엄의 아빠는 뚱뚱한 우디, 팔에 덥수룩한 털이 있는 우디가 될 필요가 없었다. 어울리지도 않았고 아이들의 놀림을 받을 필요도 없었다. 하지만 아들의 행복과 귀한 추억을 위해 땀을 뻘뻘 흘리며 우디 캐릭터가 되었다.

아빠의 사랑을 알고 그런 것인지, 아이의 본능으로 그런 것인지 윌리엄은 아빠에게 감사의 마음을 느꼈다. 그리고 끝까지 아빠를 지켜주었다. '글쎄'라는 단어로.

우리네 삶이 고단한 것만 아니라고, 우리네 삶이 나쁜 것만 아니라고, 전후사정을 알려주는 것이 글쓰기다. 소중한 사람들의 행복과 귀한 추억을 담을 수 있는 것이 글쓰기다. 우리네 삶과 소중한 사람들에게 감사의 마음을 느끼고 이것을 끝까지 간직할 수 있는 것이 글쓰기다.

애매모호한 나의 삶을, 애매모호한 나의 사람들을, 애매모호한 '글쎄'라는 단어로 지켜주는 것이다.

삶은 '글쎄'와 닮아 있다. 아무것도 명확히 알 수 없고 굳이 명확할 필요도 없다. 그리고 삶은 '글쎄'가 있기에 희망을 바랄 수 있는 것 아닐까 싶다. 윌리엄의 아빠가 굳이 그럴 필요 없었으나 아들을 위해 땀나는 하루의 삶을 선택했듯이. 윌리엄 역시 굳이 그럴 필요 없었으나 아빠를 위해 거짓말 하는 하루의 삶을 선택했듯이. 글 역시 굳이 쓸 필요가 없겠으나 오늘을 데리고 현실적인 희망을 바랄 수 있으니까 쓰는 것이다.

쓸까 말까 글쎄, 라는 생각이 들 때에는 쓰는 거다.

불멸의 엄마를 위한, 불멸의 삶을 향한
엄마의 글쓰기
사람의 글쓰기

불멸의 엄마를 위한, 불멸의 삶을 향한
엄마의 글쓰기 사람의 글쓰기

초판발행   2019년 10월 25일

지은이   백미정
펴낸이   노 현

편 집   전채린
기획/마케팅   이선경
표지디자인   조아라
제 작   우인도·고철민

펴낸곳   ㈜ 피와이메이트
        서울특별시 금천구 가산디지털2로 53
        한라시그마밸리 210호(가산동)
        등록 2014. 2. 12. 제2018-000080호

전 화   02)733-6771
f a x   02)736-4818
e-mail   pys@pybook.co.kr
homepage   www.pybook.co.kr
ISBN   979-11-90151-39-9   03800

정 가   15,000원

박영스토리는 박영사와 함께하는 브랜드입니다.